離れ小島は桃源郷

常夏の淫美女たち

北條拓人

挿絵／阿呆宮

JN131213

KTC KILL TIME COMMUNICATION

Contents

目次

序　章　紅唇　くちづけは蒼き肉柱に……4
第一章　美乳　美味しすぎる年上ＪＫと初体験……26
第二章　淫蜜　甘く蕩ける美熟ナースの手ほどき……102
第三章　媚肉　憧れ未亡人に耽溺挿入……190
終　章　揺籃　孕妻と常夏の淫ら島にて……273

登場人物 *Characters*

榊原 仁
(さかきばら ひとし)

十年ぶりに祖父の家を訪れた男子学生。童顔で優柔不断な性格だが、根は素直。

神部 菜々緒
(かんべ ななお)

仁の祖父が通う診療所のナース。仁を子供の頃から知る近所の美人妻でもある。

早見 優亜
(はやみ ゆあ)

仁の一つ年上の幼馴染。昔は活発で男の子のようだったが、飛びきりの美女に成長している。

二宮 碧
(にのみや あおい)

仁の初恋の女性。若くして夫を亡くした未亡人で、海女さんの見習いをしている。

序章　紅唇　くちづけは蒼き肉柱に

満天に散りばめられた星空は、息を呑むほどに神秘的で美しい。されど、ふーっと天に墜ちていくような奇妙な錯覚を覚え、恐怖すら感じられる。

しかも、あたりは丁寧に何度も墨を重ねたような暗闇だから、余計に怖さが増長され長くここにいるのは御免だ。

自動車を10台も積めば満杯になるフェリー如きでは、この漆黒の海上をただ一隻航海するのは、心もとないにもほどがある。

「とってもきれいだけど、きれいすぎて怖いわね……」

漆黒の闇の奥から突然声を掛けられ、仁《ひとし》は腰を抜かすほど驚いた。

「おわああああぁぁっ！」

情けない声で悲鳴を上げた仁に、いかにも愉しそうなクスクス笑いが振りまかれる。

「あら、あら。驚かせちゃった。ごめんねぇ……」

闇から抜け出た人影が、紛れもなく女性のものと、心臓をバクバクさせながらも仁は確認した。

それも華やいだ雰囲気を纏ったうら若き女性であることに、暗闇に目が慣れるに従い理解できた。

「い、いえ……。急に声を掛けられて、ちょっと驚いただけで……」

「笑ったりしてごめんね……。なんだかマンガみたいな驚き方だったから……」

なおもクスクス笑いながら仁に近づく女性の姿に、またも心臓をバクバクさせている。今度は、驚きや恐怖からではない。その女性の美しさに反応したものだ。

デッキの薄明かりに照らされた美貌は、乗船してからずっと仁がチラチラと盗み見ていたものだった。

小さな船であるだけに乗客の数も知れている。

長時間、船に揺られるばかりの客室でできることと言えば、人間ウォッチ以外にない。それも思春期にある仁だから、年若い女性がいれば、そこにばかり目が行くのも極めてありふれた話だ。

(にしても、キレイな人だなぁ……。それに笑顔の方がずっと魅力的だ……)

船窓から物憂げに外を見つめる横顔ばかり盗み見ていたが、こうして生き生きとした表情に触れると、その美しさがより一層際立つと知れた。

高校生の仁では年上の女性の年齢をうまく推し量れないが、二十代半ばくらいであろうか。

小顔でうりざね型の顔立ちに、印象的な大きな瞳やきれいに整った鼻、可憐にも瑞々しい花びらのような唇が、絶妙の位置とバランスで配置されている。

「うふふ。君、見たところ高校生よね。確か独りで乗船していたと思うけど……」

どこかアンニュイな雰囲気を帯びた冷たい美人タイプだが、笑うと花が咲いたように華やかになる。そんな彼女が、仁の存在になど気づいていたことが意外だった。

「高校生が一人で観光なんてこともないでしょう。島に誰か親戚でも住んでいるのかしら？」

なかなかに鋭い彼女に、何となく気圧されながら仁はこくりと頷いた。

「じ、爺ちゃん…祖父が島に……。夏休みに祖父の様子を見てこいと母から……」

こんな年上の美女が何故、自分などに興味を持つのかと思いながら仁は素直に明かした。

どう見ても、この彼女が悪い人には思えない。

「お爺さん？　あら、島のお年寄りなら大抵知っているけれど……」

小首を傾げる美女に、仁は食い気味に言った。

「榊原《さかきばら》です。白泊地区の……」

人口1000人に満たない島だからといって、この女性が全ての年寄りを知っているとは思えない。それでも集落と名前を口にしたのは、この美人ともっと話していたいからだ。

たかが高二の青二才が、二十代半ばの綺麗なお姉さんと話ができる機会などそうあるものではない。そもそも会話が噛み合うこと事体、希であるはずなのだ。

「榊原さん……？　あぁ、大《だい》さんね。そうかぁ、君、大さんのお孫さんなんだぁ……。へえ、いまどきの高校生がお爺さんの様子を見になんて偉いのねぇ……」

しきりに感心して頷いているお姉さんに、仁はちょっと照れた。

偉いなどと褒められるほどのことをしているつもりはない。

両親ともに仕事が忙しく、離島に置き去りにしている爺さんへの負い目があるためか、仁に大枚の小遣いをはたくとの約束に釣られたのだ。それ以外にも仁には、島への関心があった。

「仁。お前がずっと島に寄りつかぬうちに、ここもすっかり変わったぞ。リゾート開発が進んだお陰で、サーフィンやらダイビングやらが、お目当てのピチピチギャルたちがビーチには溢れとる」

小遣いに釣られた仁をさらに引き寄せたのは、爺さんのその一言だった。

童貞の仁の脳裏に、『ひと夏の経験』と題された甘美な妄想が膨らんだのだ。いうなれば色と欲に目がくらみ、離島に旅立ったと言っていい。だからこそ、「偉いのね」などと褒められてしまうと、後ろめたくもくすぐったく思えた。

「ふーん。そうなんだぁ……。で、君も眠れなかったのかな？　こんな時間にデッキに出てくるなんて……。それとも、うふふ……。お姉さんに興味があるの？」

意味深な含み笑いに、またしても仁はドキリとした。

まさか言い当てられるなどと思ってもいなかった。

実際、仁がこんな深夜にデッキに出てきたのは、彼女の後を追ってのことだ。彼女の方は、眠れずに夕涼みにでも出たのだろう。長時間の船旅に、時間を持て余していたこともあったが、やはりそれだけ魅力的なお姉さんなのだ。

「スマホの電波は圏外だし、ＴＶもつかないし、ほんと船旅って暇よね……。だから、せっかく私に興味を持ってくれた若い男の子をからかっちゃおうかなぁって」

小悪魔のような微笑。けれど、あまりにその笑みは美しく、かつ扇情的で、童貞の仁など抗うことなど不可能だ。

「そこの暗がりなら大丈夫そうって、確認済みだから……ほら……」

赤い口紅に彩られた唇が艶冶に囁くと、仁の掌を彼女の手が握る。

やさしく手を引かれ、デッキの灯りの届かない暗がりへと導かれた。

「お、お姉さん……」

戸惑いながらも抗えず、でくの坊の如く身を固くする。それでいて、これから何事かがはじまるのだと淫らな妄想が頭を駆け巡り、全身の血を熱く滾らせている。

すっと間近に寄せられた女体は、すらりとした長身のモデル体型。伸び盛りに一気に身長を伸ばした170センチの仁よりもヒールを履いている分高いくらいだ。

「お姉さんじゃなくて、菜々緒《ななお》って呼んで。その方が、気分出るでしょう？　で、君の名前は？」

耳元で熱く囁かれ、そのまま耳朶をやわらかな紅唇にパクンと咥えられる。

ざわっとした初体験の甘い愉悦。

重油とペンキの匂いの入り混じったフェリー特有の匂いが、女体から漂う極甘の匂いに上書きされ、さらに仁をうっとりさせる。

「うおっ！　あっ、す、すみません……。仁です。榊原仁……おぅっ、な、菜々緒さぁん！」

またしても奇声を上げたのは、菜々緒の白魚のような手指に胸元をまさぐられたからだ。

女性のような膨らみなど持ち合わせていない仁が、まさか乳房をまさぐられるなど思いもしなかった。けれど、想像もしていないゾクゾクするような快感が、胸元から湧き上がるのだ。

「うふふ。仁くん。かわいい……っ。年上のお姉さんに興味を持っているクセに、こんなに初心《うぶ》だなんて……。やっぱり童貞なのね……」

相手が大人の女性なのだから、まだまだお子ちゃまの仁などことごとく見透かされて当たり前だ。だからと言って、仁の気恥ずかしさが軽減されるわけではない。

「ぐぅ……ぉうっ……。はうっ、うぅ……っ！」

気色よさに込み上げる呻きをムリに呑み込み、仁は素直に首を縦に振る。この際、素直に童貞と認めた方が、お姉さんにいいことをしてもらえそうに思えた。と、いうよりも、最早、ウソを思いつく頭の回転もない。

「そう。仁くん、とっても素直でいい子……。こんなにカワイイ子には、もっともっと気持ちいいことしてあげなくちゃね」

甘やかすような口調で囁いていた唇が、ぶちゅっと仁の首筋に当てられた。同時に、白魚のような手指が、Tシャツの裾を潜り抜け、直接胸元を撫でまわす。

滑らかでやわらかく、しっとりとした菜々緒の掌は、これまで感じた何よりも気持ちよく仁の乳房をまさぐり、やさしく揉みしだいていく。

「おうっ！　あっ、あ、あぁ……」

まるで女性が感じるように喘いでしまう自分が恥ずかしくて仕方がないが、どうにも止められない。つんと乳首がしこり出し、勃起してしまうのも恥ずかしい。けれど、肉体の変化を止められる精神力など持ち合わせていないのだ。

「うふふ。本当に素直な子。乳首、ツンって勃っているわよ。おっぱい、とっても敏感なのね……」

仁の反応がうれしいのか、心なしか菜々緒の声にも興奮の色が滲んでいる。それは菜々緒がさらにその距離を縮めたことにも表れている。女体をほぼゼロ距離にぴたりと添わせ、しなやかでやわらかいおんなの感触を味わわせてくれるのだ。

スレンダーと思えていた女体が、思いのほか肉感的であることにようやく仁は気づかされた。

華奢《きゃしゃ》とさえ思えるほどの肉体なのに出るべき部分は、悩ましいまでに出ている。

仁の二の腕に押し当てられた乳房の凄まじいまでに挑戦的なこと。ぷにゅんと艶めかしく潰れながらも、反発力に溢れた弾力がパンと強く押し返してくる。

「仁くんが悪いのよ。女の子みたいにカワイイからつい虐めたくなっちゃう……。白状しちゃうとね。私、こんな淫らな悪戯するの初めてよ……」

何を思ったのか菜々緒が、仁のズボンのベルトを緩めはじめる。

さらに細く長い指先は、そのままズボンのファスナーにも及び、ジジジっと音を立てて下腹部をくつろげてしまうのだ。

「えっ？　な、菜々緒さん……」

甘い快感に頭の中にピンクの靄が立ち込めている仁は、陶然とした表情で菜々緒が次に何をするつもりか見つめた。

「もっと気持ちよくしてあげたいの……。こんなふしだらな真似をする私を許してね」

言いながら菜々緒が、仁のパンツの社会の窓に手指を滑り込ませてくる。

「えっ！　うっ、うぉっ。な、菜々緒さん！」

冷やりとした手指に肉幹を握られた途端、ビクンと体を震わせ、またしても恥ずかしい喘ぎ声をあげてしまった。

経験不足も甚だしい仁が、押し寄せる喜悦を黙ってやり過ごせるはずなどない。

「あっ、あっ、あぁ、そ、そこは……。ああ、菜々緒さぁん」

童貞であれば、陰部を他人に触られた経験も皆無だ。それも飛び切りの美女である菜々緒にされていることが殊更に仁の羞恥を煽った。

そもそも何故、これほどまでに見目麗しい大人の女性が、仁如き高校生にこんな甘い悪戯をしかけてくるのか。

目を白黒させながら必死に考えても判るはずがない。

思春期真っ只中にある仁だから、こんな甘い誘惑を幾たび思い浮かべ自慰に耽《ふけ》ったか。けれど、仁のどの妄想よりも、菜々緒の淫戯は甘美であり刺激的なのだ。

「うふふ、やっぱり若いのね……。とっても元気で、熱くて硬い……」

熱い吐息のような菜々緒の声が、掠《かす》れ気味に仁の耳朶をくすぐっていく。

上唇が薄いわりに下唇がぽちゃぽちゃとした菜々緒の紅唇は、見ているだけで興奮を誘われる。

仁の反応を窺うように見つめてくる菜々緒の瞳は、じっとりと潤んでいるようでたまらなくセクシーだ。

「あふぅっ、な、菜々緒さん……。ぼく、ぼくぅ……」

細く繊細な手指が仁の肉棒にまとわりついたまま、その感触を味わわせるように握りしめる力を強める。ますますその漆黒の瞳を光らせるのは、ふしだらなことをする羞恥と興奮によるものか。

「菜々緒の手がそんなに気持ちいいの？　うふふ。うれしいなぁ。とっても感じてくれて……」

大胆な手指は、ついにパンツの社会の窓から肉棒を引きずり出し、なおも握り締めてくる。その甘い刺激に、ますます下腹部に血が集まってしまうのは若牡らしい正常な反応だ。

けれど、童貞の自意識は、陰部を人前に晒すのが恥ずかしいと認識させる。男同士ならいざ知らず、美しい女性の目前に勃起した陰部を晒しているのだ。

あるいはこの暗闇では、至近距離にあっても菜々緒の目は肉塊の全容を捉えきれていないかもしれない。それでも恥ずかしいものは恥ずかしい。

「まあ！　仁くん、まだ大きくなれるの……。思っていたよりずっと立派だわ……。膨張率が高いのね……。ああん、血潮に漲るせいで熱さもすごい！」

勃起の大きさをまさぐるような手つき。肉厚の唇からぽつりと漏れた感嘆。間近にある菜々緒の表情からも、その感想が本心であると知れ、いたく男心をくすぐられた。

正直、他の男の勃起状態にある男根など見たことがない。周りには草食系の友人ばかりなせいか、男同士でサイズ比べをしたこともなかった。

だからこそ、見慣れた自分の局部が他人と比較して大きいと自覚していない。それでも、そこはやはり男であるだけに、褒められてうれしくないはずもなく。それも、菜々緒ほどの絶世の美女からの褒め言葉であれば、自尊心がいたく刺激される。

「おわっ！　な、菜々緒さん。そ、そこは……。ぐわぁぁ～っ！」

ミリミリっとさらに膨張率を高めるにつれ、亀頭部を覆っていた肉皮が後退して、赤黒い肉傘が粘膜を露わにする。そのカリ首を菜々緒の親指が、やさしくなぞった。

びくんと腰が引けるほどの快感電流に目を白黒させている。おんなの手指が、これほどまでに気持ちいいとは、遥かに想像を超えていた。

シャイで草食気味ではあっても、女性に興味がないわけではない。否。いつも好みのタイプの女性を探しては目で追うほどの女好きを自覚している。

「気持ちがよくなると、他に何も考えられなくなるでしょう？　こんなに素敵なことって他にないわよね……。あん。それにしても君のこのペニスがおんなを覚えたら、きっと罪作りになるわね……」

じっとりと潤んだ瞳が、仁の目の奥を覗き込んでくる。その漆黒の煌めきに吸い込まれそうになりながら仁は快感に全身を痺れさせていく。

エラ首で戯れていた親指がまたしてもやわらかく肉茎を締め付けると、そのままずるんとずり下げられた。

肉皮がずり動かされ、甘い刺激が一気に鋭いものへと変化した。

「ぐわぁぁっ……だ、ダメです。菜々緒さん。そ、そんなことされたら……っ！」

「されたらどうなってしまうの？　ひぃ・とぉ・しぃ・くぅん……」

悪戯っぽくリズムをつけながら菜々緒がゆったりした律動を繰り返す。そのたびに、情けない喘ぎを搾り取られる。

「うふふ。仁くん、やっぱりカワイイ」

「あうっ！　な、菜々緒さん……。ああ、凄いです。最高に気持ちいいっ！」

「そうかしら。本当はヘタでしょう？　あまり自信はないのよ……さっきも言った通りこんな悪戯するのは、はじめてだから……」

それが謙遜ばかりではないらしいことは、彼女の雰囲気からも窺える。けれど、菜々緒の手つきはヘタどころか、むしろ、男のツボを知り尽くしている。

「おぉっ、菜々緒さんが…ヘタだなんて、そんな……。す、すごく上手です……」

陰嚢《いんのう》に被された手指が、中の牡玉を転がすようにやさしく蠢く。もう一方の手は、すっぽりと肉竿を包むようにして、ゆったりとした昇降が繰り返される。

「あん、ペニスがビクンビクンしている……。本当に、気持ちがいいのね」

自らの性戯の効果を確かめるセクシーな口調。肉棒を扱く手指をつぅっと上昇させたかと思うと、鈴口からぷっと溢れだした我慢汁を掬いあげ、亀頭冠に塗りたくる。

かと思うと、親指の腹が膨らみきったエラ部を、我慢汁のヌルつきを利用してつつつーっと滑っていく。

強烈な快感が怒涛の如く押し寄せるのを、ひたすら歯を食いしばって堪えた。

「おぅっ……。菜々緒さんのいやらしい指先。そ、それ、やばいです！」

美女の人差し指が鈴口にめり込んでくる。射精口をやさしく指先でほじられ、未知の快感が背筋をぞぞぞっと駆け抜けた。

あからさまな反応に、それがうれしいとばかりに菜々緒の手淫は熱心さを増していく。仁の分身をいかにも愛しげに、あやしてくれるのだ。

「ああん。本当に罪作りなおちんちん。悪戯している私まで、おかしな気分になってきちゃうわ……。硬くて、大きくて、ぶっといペニスに、あてられたみたい」

仁に擦り付けるように、女体をくねくねとのたうたせる菜々緒。ミニ丈のスカートがよく似合う腰高の美脚が悩ましく揺れている。時折、その太ももにも仁の分身が擦れている。

故意にか、偶然ぶつかるのかは判らない。けれど、そのむっちりやわらかな太ももに亀頭部が当たるたび、マッチが擦れるように発火寸前にまで高められていく。

そのまま菜々緒の太ももに射精したい欲求に駆られたが、望みは叶わなかった。

「えっ？　わ、わ、わっ、菜々美さぁん！」

何を思ったのか、彼女はデッキに膝をついたかと思うと、その身を屈めるようにして仁の分身にその顔を近づけるのだ。

付け根を親指のリングに締め付けられたまま、窄められた紅唇がぶちゅりと鈴口に重ねられた。

「うぉぉっ、な、菜々緒さぁ～～ん！」

情けなく喘ぎ、ビクンと腰を震わせる。ねっとりした湿り気を帯びた唇粘膜の感触は、手指でされる以上の気色よさ。

硬い甲板に膝立ちする菜々緒の痛みを想像する余裕もなく、仁は未知の悦楽に身悶えた。

「ああん。仁くんのカウパー液、濃くて塩辛い……。海の味がするわ……」

手指で付け根を締め付けながら菜々緒の唇が何度も亀頭部を啄んでいく。

「やっぱり若いからかしら……。カウパー液の纏わりつく感触とか、すごく濃いわ」

誰のものと比べているのか。年上の美女だけに、経験は豊富なのかもしれない。その菜々緒が知る誰の先走り汁よりも濃いモノでありたいと仁は願った。その濃度の高さが、強い牡の証であるように思えたからだ。

「これならきっと精液も濃いのでしょうね。ああん、想像しただけで子宮が熱くなるわ」

菜々緒は理知的なタイプらしく、その想像力もかなり高いらしい。淫らな想像が、牝の本能を刺激するのか、くねくねと腰を揺すらせている。共に揺れた紅唇に鈴口が擦れ、沁み出した先走り汁が肉傘全体に塗りたくられる。

背筋を走る甘く鋭い電流に、仁は太ももを緊張させ、思わず腰を揺すらせた。

「仁くん、女の子みたいに腰を突きだして……。そんなに我慢できないの？　うふふ。いいわ。今、射精させてあげる」

言いながら唇をあんぐりと開き、天を突くほどに肥大した肉勃起に覆い被せる菜々緒。生暖かい感触が亀頭部全体を覆ったかと思うと、なおもずぶずぶと肉柱全体を呑み込まれる。

「うわぁっ！　の、呑まれる！　僕のちんぽが、菜々緒さんに呑みこまれるっ！」

ぬるついた舌の感触が裏筋に絡みつく。勃起側面には口腔粘膜が張り付き、肉柱の半ばあたりを唇が締め付けている。

フェラチオ奉仕を受けるのも言わずもがな初めてであり、そのあまりの心地よさにやるせない射精衝動が込み上げた。

かろうじて堪えられたのは、少しでも長くこの幸運を味わっていたいからに他ならない。ギュッと掌を握りしめ、菊座を強く結んで、切なく込み上げる射精感を必死で耐えた。

「んあぁっ、舌が動くたび……びりびりきますっ」

仁が腰を引いても、菜々緒はとろんと潤ませた瞳で肉茎を追い、唇を窄めて包皮ごと亀頭を舐め回しては「ああっ……」と、悩ましい吐息をついている。

頬に垂れた髪を指で摘まみ、耳にかける仕草が色っぽい。

「あぁ、いやっ……。いやらしくなっている顔をそんなに見ないで。さすがに恥ずかしいわよ……。ふしだらな私を軽蔑しないでね……」

悩ましい上目遣いと仁の視線がぶつかり、慌てるように菜々緒が勃起を吐き出した。

「で、でもエッチなお姉さん。見ていたいです……」

「うふふ。仕方のない子ねえ。いいわ。それじゃあ、いやらしい私をもっと見せてあげる……」

言いながら菜々緒が再び亀頭部に顔を寄せ、ぱっくりと咥えなおす。しかも、仁をさらに追い込もうと、その美貌を前後に打ち振りはじめるのだ。

付け根に添えられた手指は、やわらかく締め付けを繰り返し、開いたもう一方の手までが陰嚢を掴み取りやわやわと揉み込んでくる。

「んぅ……私のお口でもっと大きくなってくれるのね……んんあっ」

自分の性器を愛おしそうに舐めしゃぶってくれる美女の朱舌の滑り、ぢゅぢゅっと淫靡な水音と共に微細な振動が亀頭冠を震わせる。

「あううっ」

やわらかく生温かい口中粘膜に翻弄されるしあわせ。

ぽってりとした紅唇が肉茎をしごきながら、とろりと先走った滴を舌で味わい、唾液で薄めてからこくんと飲みこむ喉の動き。淫蕩であり、ひどく美しい所作に、仁の心は昂《たかぶ》るばかり。

「ぐぉぉおおおっ！　ダメです。それダメなんです。射精《で》ちゃいますよぉ。このままでは菜々緒さんのお口を汚してしまいます！」

昂るばかりの射精衝動に、オクターブの高すぎる呻きを漏らさずにいられない。

口腔粘膜が性器と化して、肉棹に吸いつくように蠢いている。ふっくらとした朱舌が絡みつき、上顎のざらついたごつごつ感、さらには喉奥の粘膜の蠕動《ぜんどう》までもが仁の快感を呼び起こす。窄められた唇の締めつけとストロークにも、背筋がざわついた。

「そんなに気持ちいいの？　熱いネバネバが射精したみたいに、どんどん噴き出しているわ……。こんなにカウパー液って出るものなのね……」

肉塊を吐きだして艶冶に笑う菜々緒。その理知的な瞳が未知なるものを見つけた悦びに妖しく輝いている。それでいて扇情的に潤ませていて、色っぽいことこの上ない。

「だって、菜々緒さんのフェラチオ気持ちよすぎて……うぁぁぁ～～っ」

言い訳する仁の亀頭全体を掌に撫で回される。涎まみれになった肉幹をむぎゅっとやわらかく握りしめられ、挙句、裏筋も擦られては、発火寸前の勃起が、さらにひっ迫するのも不思議ない。

夥しく噴き零した先走り汁に濡れたおんなの手指は、てらてらと下劣なヌメリを帯びながらさらに情熱を増した。

「いいわよ。仁くん。私の手でも、口でも好きな場所に射精して……」

菜々緒は手淫を遅滞させることなく、細指を使って亀頭を重点的に擦り立てているが、それを幹の中央にシフトさせると、空けた亀頭を今一度口に含んで上下させた。

手で肉幹を扱く軽快な摩擦音、口腔内で唾液が肉棒に攪拌《かくはん》される汁音、口と肉棹の表面との僅かな隙間で生じる粘着音が淫靡な三重奏となる。

ふしだらで扇情的な音色が重なるにつれ、肉棒は余命いくばくもなく漲った。

「うぐぅっ……菜々緒さん、僕、もう……」

仁は、甲斐甲斐しい奉仕を繰り返す菜々緒を、うっとりと視姦しながら放出のトリガーをついに引いた。

我慢の限界を超えた陰嚢が引き締まり、放精に向けての凝縮をはじめている。膨らみきった肉傘が猛烈な熱を放ち、快楽の断末魔にのたうちまわる。

「ああ、もう射精るのね。お口で受け止めていいかしら。仁くんの精液、私が呑んであげる……」

終わりを悟った菜々緒の淫戯が、さらにふしだらな手管を繰り出した。

やわらかな紅唇を亀頭部に覆わせると、頬がぺこりと凹むほど強く吸いつけるのだ。

「んはぁっ！」

鈴口をバキュームされる歓びに、肺からどっと息が漏れた。

痛みはない。体奥から根こそぎ持っていかれるような激しい吸引感には驚いたが、さほど力を入れているわけでもなかった。

（な……なんだこれ、ちんぽの付け根あたりに溜まってるものが、ぜ、全部、吸われて……んあぁ～～っ！）

目をカッと見開き、満天の星空を凝視する。菜々緒のバキュームに我慢汁ごと射精衝動までもが、根こそぎぢゅるぢゅるぢゅるっと吸い上げられるよう。

（うゔぅっ、これ、すご……い。無理矢理吸い出されて、ああっ、で、出るっ、おしっこするみたいに射精するっ！）

夥しい先走り汁が吸い出されるにつれ、ギュッと体中の筋肉が強張る。尾てい骨のあたりに痙攣が生じたように、ピリピリしている。

「――かはっ！」

たまらずに詰めていた息を吐くと同時に、閉めていた菊座が緩んでしまった。

「ぐうぉぉぉ～～っ。射精ます。な、菜々緒さぁ～～ん！」

煮えたぎる白濁液が尿道を怒涛の如く遡る。太ももが痙攣し、尻肉がヒクついた。

昂奮が正常な呼吸を阻害し、体内に篭る熱気が気道を焼いた。

「あぶぶぶっ、ひ、仁くんの熱い精液がいっぱいぃ～～っ！」

噴き上がる精子を喉奥で受け止めた菜々緒は、まるで子宮に子種を浴びるような恍惚の表情を晒しながら、懸命にその夥しい濁液を嚥下している。

あまりにも淫らで美しいその貌を眺めながら仁は最後の一滴まで放出した。

第一章　美乳　美味しすぎる年上ＪＫと初体験

1.

青い空にぷかりと浮かぶ雲は、夏の太陽にハレーションを起こしている。

「朝でもこんなに暑いのだから昼は地獄だな……」

フェリーから降り立った榊原仁は、荷物を詰めたバッグを引きずりながら恨めし気に空を見上げた。

けれど、確かに日差しは強いものの、空気がカラリとしている上に、心地よい海風もあってそれほど不快ではない。むしろ、家のある都会の方が、よほどムワッと蒸していて不快指数が高い。

にもかかわらず、悪態をついたのはここまでの旅が長すぎたせいだ。

両親に頼まれ、お小遣いに釣られた上に、爺さんからも「ここはリゾート開発されて若い水着美女でいっぱいだぞ」と唆され、その気になりはしたものの、ここまでの道のりに丸一日以上費やされることをすっかり忘却していたのだ。

「だまされた。父さんも母さんもこんなに時間がかかるなんて言わなかった。それになんだよ、こんな田舎臭い島。爺ちゃんが言うようなリゾートなんてありそうにないじゃん！」

仁が最後にこの島を訪れたのは小学6年生の頃だったか。かれこれ五年も前になる。あの時は、両親と一緒だった。同様の時間がかかったはずだが、子供だったせいか、ほとんど記憶にない。

思い出にあるのは、とにかく愉しかったことばかりだ。

「詐欺だよ。詐欺。全然、変わってないし……」

青い海が水平線にまで広がり、見渡す限り陸一つない。絵に描いたような孤島の証だ。

人口は1000人にも満たないはずで、港から離れて歩くとすぐにスマホが圏外になり使い物にならなくなったほどだ。

「でも、相変わらず空気だけはうまいなあ……。なんて、ああ、おっさんみたいなことを言っちまったぁ～！」

肺いっぱいに吸い込んだ空気は、不純物がほとんど含まれていないせいか、すこぶるつきでピュアと感じる。

これだけ海岸線に近い道路を歩いているのだから独特の磯の匂いがしてきそうなも

のだが、南国の孤島にはそれもない。

そもそも磯の香りとは、プランクトンの死骸の匂いが大半であるらしく、南国の海ではそのプランクトンが育ちにくいため臭くない。

そう教えてくれたのは二宮碧《にのみやあおい》であったことを、仁は不意に思い出した。

「そうだった。碧さんと逢えるんだ！」

ずっと意識していながら、わざとらしく口に出してみる。仁に島を訪れさせる気にさせた最大の理由は、その実、碧の存在なのだ。

碧は、かつて祖父の家の隣に住んでいた女性だ。

仁より九歳年上のはずだから、あの頃、彼女はすでに二十歳の娘盛り。

子供好きで世話好きな碧は、よく仁の遊び相手をしてくれたものだ。

碧を子供心にも美しいと感じていた仁にとって、初めて淡い恋心を抱いた相手でもある。

仁が年上好きで、とりわけきれいなお姉さんを目で追っているのも、碧に対する初恋が影響しているのかもしれない。

「よし。悪いことばかりではないと信じよう。菜々緒さんがしてくれたみたいなこと、碧さんもしてくれるかも……。できれば碧さんと初体験できれば……」

あの後、うまくすると菜々緒はエッチさせてくれそうな気配があった。童貞の仁でも脈ありと感じたのだ。

けれど、そうならなかったのは、思わぬ邪魔が入ったからだ。

デッキを見回りに来た船員が、射精直後の仁を懐中電灯で照らした。

幸い菜々緒は、デッキに身を伏せたお陰で、見つからずに済んだ。

「夜は危ないからなるべく外に出ないでください」

船員にそう促され、仁は客室に戻らざるを得なくなった。

その後、何もなかったように菜々緒も客室に戻ってきたのを目線の端に感じていたが、それっきり彼女が仁に近づいてくる様子はなかった。

仁からも菜々緒に近づくきっかけを見つけられぬうちに、いつの間にか眠ってしまい、気が付くと彼女の姿はなくなっていたのだ。

「菜々緒さんみたいな奇跡、碧さんとも起きないかなあ……」

期待半分、諦め半分なのは、碧が嫁いだと聞いているから。それでも悪態を並べながらも、歩くスピードを緩めることができないのは、明らかに初恋がエネルギーに変換されたのだろう。

「違う、違う。あの清楚な碧さんが僕のことなんて相手にするはずないよ。急いでいるのは、日陰一つない道だから、すぐに真っ黒に日焼けしてしまうからさ……」

自らにそんな言い訳をしながら仁はいそいそと祖父の家に向かった。

2.

「ぶわぁぁ……っ。しっかしクソ暑いなあ。少し歩くだけで汗べとだぁ」

島には信号機が一台しかないほどクルマが少ないはずなのに、道路はきちんとアスファルトに舗装されている。それ故にかえって照り返しがきつく、気温以上に体感する温度が高くなる。

お陰で小一時間も歩かぬうちに全身汗みずくになっていた。

都会育ちのせいで、歩くことには慣れている。便利に張り巡らされた交通網は、かえって歩くことを強いるものなのだ。

学校で体育の授業を受ける以外、運動などほとんどしない仁でも、通学や遊びに出かけるだけで毎日一万歩近く歩かされている。そのせいもあって歩くことは、苦ではない。けれど、時間が経つにつれ獰猛さを増していく夏の日差しに、あっという間に体力を奪われていた。

「水かジュースでも買いたいけれど、コンビニなんてないし。自販機の一つくらい置いておけって……」

またしても仁らしからぬ悪態が口を突いた。ここから先、なだらかな昇り坂が続くはずだから、それも無理からぬ話だ。

クルマを持たぬ爺さんに来てもらっても仕方がないと迎えは断ってある。小学生以来とはいえ、記憶を頼りに辿り着けると踏んでいた。にしても、こうも変わらぬ風景であれば道も間違えようがない。

噴き出る汗を腕で拭いながら歩く背中に、チリリンと涼し気な音が浴びせられた。すぐに自転車のベル音と気づいた。けれど、ここまでクルマ一台すれ違いもしない道で、警音器を鳴らされなければならぬ云われはない。

暑さと汗に不快指数マックスにまで振り切れていたこともあり、仁は眉間に皺を寄せムッとした表情をあからさまに載せて振り向いた。本来の仁は、草食系とみなされるほど、いたって温厚であるだけに、こういうことは珍しい。

「仁くんでしょう？　仁くんよねえ。うわああ、本当に仁くんなのねぇ……」

振り向いた仁の剣呑な顔つきが即座に蕩《とろ》けたのも無理はない。そこには、逢いたくて焦がれていた美女の姿があったからだ。

「あ、碧さん！」

かつては「お姉ちゃん」と呼んでいた初恋の相手。二宮碧その人が、図らずもそこにいる。

島に来れば必ず逢えるだろうと思っていたが、まさかこんなに早く逢えるとは思ってもみなかった。

「仁くん。久しぶりねぇ。うふふ。すっかり大人になっちゃって……。背も伸びたわね。私よりも大きい！　でも、昔の面影がある。すぐに仁くんって判ったもの……」

華やかに笑いかける碧に、仁は照れ笑いするばかり。

にしても、そういう碧の方こそ変わっていない。いやいや、それどころか五年のうちにおんな振りをさらに上げた上に、大人のおんなの色気も身に付けている。

相変わらずの上品な顔立ちは、ベビーフェイスも相まって美少女の面影を鮮やかに残しながら二十五歳の大人の成熟が加わり、どことなく艶めかしさを匂わせている。

きめ細かな肌質が薄化粧を映えさせ、どこまでも清楚な印象を際立たせていた。

（あぁ、碧さん。やっぱり綺麗だぁ……。それになんていうか色っぽい……）

どちらかと言えば日本的なやさしい面差し。その印象は、切れ長の眼とくっきりとした二重瞼が決定づけている。その眼が少しばかり離れ気味なところが、若見えの根源だろう。

眉はやや濃い目で、知性の片りんを窺わせてくれる。決して高い鼻ではないが、鼻梁はまっすぐに美しい。

(そうか、色っぽいと感じるのは、あの唇のせいかなあ……)

官能的な肉花びらのような朱唇は、微笑むと胡蝶蘭が咲き誇るよう。

頤がほっそりとしていて卵型の甘い顔立ちをより幼く見せている。

一から十まで美しくも上品である上に、清楚なオーラも身に纏っている。けれど、その清楚さこそが、仁には色香の源のように感じられた。

「お爺様にお迎えを頼まれていたのに遅れてしまって……。ごめんね。こんなところまで一人で歩かせて……」

美しい所作で頭を下げて謝罪する碧。よほど慌てて自転車を走らせてきたのだろう。その頬が赤く上気している。

嫁いだ先が祖父の家や碧の実家とは反対方向にあるのだろう。彼女が背後から追いついてきたのが、その証だ。

「そ、そんな。謝らないでください。爺ちゃん、そんなことを碧さんに頼んでいたのですね。僕は、一人でも大丈夫って言ったのに……」

余計なことをと思う反面、爺さんのイキな計らいに感謝している。

「ううん。いまは港の近くに住んでいるから……。なのに、遅れてしまうなんて、本当にごめんね。海では時間が判らなくて……」

碧が海女の見習いをしていることは、祖父からも聞いていた。つまり彼女は、海に漁に出ていて遅くなったのだろう。先ほどから仁が目のやり場に困っているのもそのためだ。というのも、碧は、カーキー色のビキニの水着に、その上から白い前開きのラッシュガードを羽織るだけと、ひどく悩ましくも大胆な姿をしているのだ。

思いのほか白い肌が、艶めかしく感じられる。

海女であれば、もっと日焼けしていて不思議ないが、意外にも女性らしい白さと見るからにすべすべした柔肌が惜しげもなく晒されている。

かつての彼女であれば、水着姿のまま自転車にまたがるなどあり得なかったように思う。海女だからこそ、人目を憚らず太ももを露にすることにも慣れているのかもしれない。それだけ大急ぎで、仁を迎えに来てくれたということでもあるのだろう。

シャイな仁ではあっても、相手の気持ちが判らないわけではない。否、シャイであるがゆえに、人一倍、他人の心持ちに繊細に気を配れるのかもしれない。

「いいえ。迎えに来てもらえただけでうれしいです。また碧さんに逢えたことも……」

精一杯、シャイな自分を押し殺し、素直に本音を搾りだした。

「うふふ。やっぱり仁くん、大人びているのね……。都会で暮らしているとしっかりするのかしら……」

愉しそうに話してくれる碧に、仁は鼓動が速まるのを抑えられない。

眩いほどの碧に、あの頃の淡い想いが大人びた恋心へと転じ、再び熱く燃え上がるのを感じた。

「ねえ、ここで立ち話もなんだから……。ほら、後ろに乗って」

ほっそりとした頤が、自転車の荷台を指し示している。

「えーっ。大丈夫ですか？」

碧と二人乗りできるうれしさとその照れ隠しに、そんな言葉が口を突いた。

「大丈夫よ。仁くんを後ろに乗せるくらい。私だってまだ若いのだから……」

片手でバッグを持ちながら荷台に腰を降ろした仁。そのもう片方の空いた手を碧が取り、自らの腰部に回すように誘ってくれた。

「いいからしっかり掴まっていてね」

ラフに着こなす白いラッシュガードに阻まれ気づけなかったが、腰部に腕を回した途端、その括れの深さに驚かされた。

サドルに載せられたヒップが、いかにも女性らしく前後左右に大きく張り出しているのとは対照的に、その腹部は海女として潜ることで知らず知らずのうちに鍛えられ引き締まっていったのであろう。

（うなじの白さとか細くて長い首とかからも、色気が滲み出ている……）

毛量豊かな黒髪は、後頭部でくるりと一度まとめられてから残った長さをポニーテール状に垂らされている。その尻尾の陰から、白い首筋が艶めかしくも仁の目と鼻の先で見え隠れしている。

束ねた髪が揺れるたび甘やかな匂いが仁の鼻先をくすぐった。

「じゃあ、行くわよ……！」

掛け声とともに、ペダルを強く踏み込む碧。けれど、ただでさえ緩い登坂である上に、仁の体重までが加わった自転車は、ほとんど前に進もうとしない。

ペダルの上に碧が痩身を立ち上げても、よろよろとよろけるばかりで頑としてタイヤが転がらないのだ。

「うーん！　んんっ！」

碧は女体を前屈み気味に傾け、美脚に力を込めて唸っている。けれど、いかんせんそのパワーも体重も不足していることは明らかだった。

恐らく、仁が後ろに乗らずとも、この坂を上るのに苦労していたはずなのだ。

「はい。はい。判りました。碧さん。代わりましょう。僕が漕ぎますから……。このままじゃあ、夜になっても着きませんよ」

仁のために奮闘してくれる碧に水を差したくはないが、これでは助け舟を出さざるを得ない。そもそもが男の仁から、最初にそう申し出るべきだった。

「ごめんね。仁くん……」

さすがにムリと悟った碧も、大人しく仁にサドルを譲り渡す。荷台に横座りで腰を降ろし、仁の身体に腕を回した。

（おっ！　おおっ！　あ、碧さんのおっぱい、やらかぁ……。もしかして、さらに大きくなっている……？）

昔から碧は、細身であるにもかかわらず豊かなバストの持ち主だった。小学生の仁が意識したほどの巨乳なのだ。けれど、いま仁の背中に押し当てられたボリュームは、あの頃のそれを超えている気がする。

昨晩、二の腕に触れていた菜々緒の乳房より、さらに一回りは大きいか。しかも、乳房特有のやわらかさに満ち満ちている上に、心地よい反発力が仁の背中性感をたまらなく刺激するのだ。

（碧さんのおっぱい、やばい！　押し当てられているだけで背中から熱く火照ってくる……！）

思春期の少年が味わうには贅沢すぎるゴージャス媚巨乳の感触に、あっという間にズボンの前が膨らんでしまう。

背後にいる碧には、気づかれ難いはずながら自転車を漕ぐにはいささか不自由だ。だからと言って自転車を諦めては、二人乗りの大前提が崩れ、このしあわせも終わってしまう。

仁は強張る肉塊を邪魔に思いながらも、両脚に力を込め力強くペダルを踏んだ。両腕でふらつくハンドルを制御すると、つーっと前に自転車が進みだす。

「ああ仁くん、やっぱり男の子ね。すごいわ！」

碧の称える言葉もエロくしか聞こえない。それでも彼女に、いいところを見せたい仁は、グイグイとペダルを踏みこみ、なだらかな登坂も何のそのと自転車を進ませた。

ぷっと額に噴き出す汗さえも背中にある碧の存在のお陰で、心地よいばかり。

やがて登坂も終わり、あとは下り坂を惰性で滑らせれば、その先に爺さんの家のある集落に行きつく。

海風を切り裂いて進む心地よさに、もうすぐこの二人乗りが終わることに気づき、もう少しゆっくり走らせればよかったと後悔した。

3.

「もしかして仁くんじゃない？　ああ、やっぱり仁くんだ！」

先ほどの碧からの言葉とそっくり同じセリフが、殺人的なまでにカワイイ声でかけられたのは、祖父の家が見えてきた道端だった。

碧を後ろに乗せたまま、少しでもその時間が続くようゆっくりと自転車を漕いでいた仁に、対面から来た女性が声を掛けてきたのだ。

「あらぁ、優亜《ゆあ》ちゃんじゃない。おはよう」

荷台に乗っていた碧がひょいと顔を向け、彼女の名前をそう呼んだ。

「あっ、碧さん。おはようございます」

小さな島だから島民同士ほとんどが顔見知りなのは当然なのかも。

碧を認めた優亜は、丁寧な挨拶で頭も下げている。

優亜という聞き覚えのある名前に、仁はさほど記憶を探らずとも彼女を思い出した。

「えっ！　優亜ちゃんって、あの優亜ちゃん？　わわわっ！　あの優亜ちゃんかぁ！」

早見《はやみ》優亜。仁より一つ年上のおんなの子。島で一緒に遊んだ幼馴染。

矢継ぎ早に記憶の回路が繋がるものの、脳裏にある面影と目の前の美女とが、どうにも結びつかない。

優亜も仁にとっては、姉のような存在であったと言える。水泳を教えてくれたのも彼女だ。

当時は、日焼けして男の子のようだった彼女も、今ではすっかりおんならしく成長して見違えんばかり。すぐにあの優亜だと、仁が判らなかったのもムリはないのだ。丸く秀でた額には知性を滲ませ、ラインのやわらかなアーチ眉が繊細な女性らしさを滲ませている。

くっきりとした二重瞼も印象的に、ぱっちりとした大きな双眸《そうぼう》を彩る。しかも、その瞳には特有の引力がある。即座に相手のハートを鷲掴みにするほどの目力なのだ。黒々と澄んだ瞳は、深紫を含有する黒水晶の如き煌めきを宿し、白目には青みすら帯びて神秘的に透き通っている。

子供肉のすっきり落ちた頬に、産毛が銀色に輝く上に肌の滑らかさも相まって、ふわふわすべすべで、舐めたらクリームみたいにやわらかくて甘そうだと思わせるほど。やさしいラインを描く鼻梁の下には、小さく控えめながらも瑞々しい桜唇が、ふっくらと輝きを放っている。見ているだけで切なくなるようなその唇は、愛らしい子供っぽさと、大人びたツヤを同居させている。

久しぶりに再会した幼馴染の高校生離れしたといえるほどの美貌に、仁は息を呑むほどに圧倒された。

（おおっ！　優亜ちゃん。すっごい美人に育ってる～～っ！　都会でだってこんなに美しい女子高生見ないぞ……）

優亜が女子高生であることは、その服装から一目瞭然。白い半袖のブラウスシャツにカラフルな蝶ネクタイを締め、超ミニ丈のチェック柄のスカートもブレザーにあわせるためのデザイン。まぎれもなく高校の制服を着用している。仁同様、夏休みに入っているであろうから夏期講習にでも出かける途中なのかもしれない。

島に高校はないと聞いているから船で、近くの大きな島に渡るのだろう。

「仁くん。私、ちょっと家に用事があるから……。このカバンはお爺様のところに置いておくわね。遅れたお詫びに、それくらいさせてね」

思わず優亜に見とれてしまった仁に、気を利かせたつもりなのだろうか。碧はそう言い残し、仁のカバンを持ったまま自転車を押して行く。

残された仁は、優亜の前に立ち尽くすしかなかった。何を話せばいいのか判らない。

「久しぶりね」

優亜から水を向けられても、「うん」と頷いたきり次の言葉が出てこない。

「本当は夏期講習に出るために朝の船に乗るつもりだったけど、仁くんが着くと聞いたから……」

つまり、偶然再会したわけではなく、仁を迎えるつもりで待っていたのだ。

「待っていてくれたの？」

こくりと頷きながら優亜がはにかむように微笑んだ。途端に仁の心臓が、きゅんと締め付けられた。

（か、カワイイ……っ！）

アイドルにでも笑いかけられたような蕩けた気持ちにさせられている。

「早く仁くんと逢いたかったから……。でも、ごめんね。お邪魔だったかしら……」

ぱっちりとした眼を細めるようにして、意味ありげに碧の去った方角に向ける。

「あ、いや。そんなことないよ。碧さんは爺ちゃんに頼まれて迎えに来てくれただけだし……。優亜ちゃんが待っていてくれたことは素直にうれしい」

碧にときめいたことを伏せたにしても、おべっかやご機嫌取りは下手くそな仁だから、はじめから使わない。つまりは本音をそのまま述べているのだ。

「ふーん。仁くんモテるでしょう？　仁くんみたいなやさしい男の子、人気がないはずないよね」

「えっ……？　う～ん。そんなことないと思う……」

クラスの女子たちの間で、自分がどういう評価なのか知らないが、モテている実感などない。

モテたいのはやまやまだが、実際の所、シャイが邪魔をして女子と会話を成立させることすら難しいのだ。

「何を照れているの？　カワイイわね仁くん……」

カワイイのは自分よりも優亜の方だと思いながらも頬が赤くなるのを禁じ得ない。

「そ、そんなことないよ。優亜ちゃん、一つ年上だからって、僕を子ども扱いしないでよね」

唇をツンと尖らせて怒ってみせると、それを見た優亜がぷっと吹き出した。

「子供扱いしないでって、そういう所がカワイイっていうのよ」

快活に笑う優亜に、仁はぐうの音も出ない。やむなく曖昧に笑ってみせるばかりだ。

「ごめんごめん。本当に怒らせるつもりはないのよ……。ねえ、私そろそろ行かなくちゃならないの。後で連絡するからライン交換しようよ」

優亜のあっけらかんとした提案に頷きながらも、ふと疑問に思ったことを口にした。

「そう言えば、港から離れるとすぐにスマホが圏外になったけど、このあたりはアンテナ立つの？」

「あら、お爺さんから聞いてない？　この島、いまリゾート開発が一気に進んでいるの。港の方は、これからみたいだけど、反対側の砂浜の方はホテルとかビーチとか凄いのよ。お陰で、このあたりもスマホが通じるくらい当たり前なの……」

カバンからスマホを取り出しながら島の現状を解説してくれる優亜。仁もズボンのポケットからスマホを取り出し、ラインアプリを立ち上げＱＲコードを呼び出した。

これを優亜に読み込んでもらい彼女からのメッセージを待てば、ほぼ作業は終わる。

「ふーん。爺ちゃんが言ってたことって、まんざらウソでもないいんだぁ……」

「ひどぉ～い。お爺さんの話、信用してなかったの？」

笑いながら優亜が仁に突っ込みを入れてくる。それもスマホの操作をしながら。

「いや。信用していないわけじゃないけど。あんまり想像できなくて……」

「ああ。判るぅ……。私も工事がはじまるまでは、島が開発されるなんて想像できなかったから。でも、あっという間におしゃれなホテルやカフェとかできていて……」

言いながら優亜の表情は少し曇り気味だ。女子はオシャレなものを好むと思い込んでいたから、てっきり彼女も島が変わることに賛成なのだと思っていた。

けれど、その表情からは愁いの色が見て取れる。

「あれ？　優亜ちゃんは反対？」

思わず尋ねた仁に、優亜はあいまいな表情を浮かべ首を左右に振った。

「判んない……。あっ、やばい！　私、行かなくちゃだった。また後で連絡するね」

一方的に会話を打ち切った優亜がミニ丈のスカートの裾を翻し仁に背を向けると、勢いよく駆けだした。途中、くるりとこちらを向いたかと思うと、眩《まぶ》しい笑顔で手を振っている。

優亜の天使のような所作に、本当にその背中に羽が生えているのが見える気がした。

4.

「大人になって仁くんとこうしてデートするなんて不思議……」

優亜が殺人的な可愛さで微笑みながら仁の正面に座っている。それでいて、昨日の制服姿よりも、私服の優亜はずっと大人びて見えた。

あまりにも美しく成長した幼馴染に仁のハートは自分でも持て余すくらいざわついている。

昨夜のうちに優亜からラインメールが届き、直接声が聴きたいと、すぐに音声通話に切り替えられた。

祖父の様子を見てくることが仁の最大のミッションであり、その目的は祖父の顔を拝んだ瞬間に達せられている。

五年も逢っていないとさぞかし老けているかと思いきや、ファンキーにもジーンズとアロハなんぞを着こなして、かえって若返っているかのようで呆れたほどだ。

思えば、還暦を迎えたばかりとはいえ、昨今の六十歳は若すぎるほどに若い。途端に、することのなくなった仁は、優亜と話すうちに幼馴染の気安さもあってか「明日の昼、時間があれば」と誘われたのに一も二もなく飛びついたのだ。

最近できたというオシャレなカフェで昼食を済ませ、食後のコーヒーなどと背伸びをしながら何気ない会話を楽しんでいる。

「にしてもカフェなんてものが島にできるなんて、あの頃は想像もできなかった」

「本当にね……。ほら何年か前に世界中で感染症が流行ったでしょう。海外にいて大変だった日本人とかもたくさんいて。あのあとやっぱり国内のリゾートの方が安全って……。で、未開発だったこの島にも、大きな資本が入ってきちゃって……」

なるほど、そんな理由で開発が進むものかと、経済なるものにも多少は目を向けるようになった仁としては、優亜の話を面白く聞いた。

実際、驚いたのは島の反対側の変わりようで、まるで別の国のリゾート地を歩くような感覚なのだ。

行きかう人たちの若く華やかなこと。それも爺さんの言っていた通り、若い女の子たちが水着にラッシュガードやパレオを羽織る程度で、普通に道を闊歩《かっぽ》していた。

けれど、そんな眼福の眺めも、いまの仁には単なる光景に過ぎないのは、目前の優亜が超絶美少女であるからだ。

すれ違う若い女性までもが同性の優亜を振り返るほど。眩しい彼女を連れ歩く優越感。ビキニ姿の美女であっても仁の目を惹かないのは当然と言える。

「でも、優亜は賑やかな島よりも、静かだったころの島の方が好きだったなあ……」

島には高校がなく現在優亜は、本土の親戚の家に下宿して、そこから高校に通っているそうだ。だからこそ、変わりゆく島の風景にノスタルジーにも似た感慨を抱くのかもしれない。

ちなみに、いま通っている夏期講習は、一番近い島にある街の教室に通っているらしい。有名予備校のサテライト講習らしいが、ここには電波が届かない関係で、船で2時間もかけて向かわなくてはならないらしいのだ。

そんな互いの近況を伝え合う会話が続いたかと思うと、どこからどういう流れからか優亜の彼氏遍歴の話となり、彼女が二人の彼氏とつきあったと知ることができた。

彼女の言葉を鵜呑みにするなら、いま彼氏はいないそう。

当然、その流れから仁の話となるかと思いきや、優亜は碧のことを持ち出した。

「碧さん。あんなにきれいなのに未亡人だなんてもったいないよね……」

「えっ？」

碧の夫が亡くなっているだなんて肝心なことを、爺さんからも当の本人からも聞いていない。

「あら、知らなかったの？　三年前かなあ……。結婚して間もないうちで可哀そうって島中の話題になったわ」

優亜の話では、若くして夫を失った碧は、海女の見習いのようなことをしながら、夫が残した船を釣り船として利用し生計を立てているらしい。

昨日の明るい表情からは、まるで窺い知れぬ話を仁は前のめりになって聞いた。

「もう。やっぱり仁くんは、碧さんのことが気になっているのね……。まあ、仕方ないか、仁くんの初恋の相手は碧さんなのだものね。昨日、久しぶりに変わらない碧さんを見て、ときめいちゃったでしょう？」

数瞬、唇を尖らせた優亜が、諦めたような口調に変え話しかけてくれる。

忙しく表情を変える彼女にも心を揺らしながら、素直に仁は本心を明かした。

「う、うん。気になっている。碧さんのこと。でも、僕のことなんか相手にしてくれないよ。弟のように可愛がってはくれるけど、全然子ども扱いされているから……」

「そんなことないと思う。仁くん、やさしいし、見た目も悪くないし。碧さんだって、おんなだから押しには弱いと思う。嫌いな相手じゃなければ、好意を持たれるのはうれしいと思うよ」

優亜の励ましに、仁は少しだけ期待を持つことができた。正直、おんなのことは一番おんなが判るはずと思う。碧からすると優亜も子供なのだろうが、仁から見た優亜はしっかりとお姉さんに感じられる。

精神的にも肉体的にも女性の方が早熟で、それに比べ男などいつまで経っても子供のままだ。それ故に碧のことも、仁よりずっと優亜の方が判るだろうと思われる。

「とは言うものの、どう押したらいいのかも判らないしなあ……。正直、同年代のおんなの子とだってつきあったことないから……」

独り言のように、つい本当のことを口にした仁に優亜が食いついた。

「やっぱり仁くん、童貞？　そっかあ。じゃあ、優亜としてみる？」

唐突な申し出に、初め優亜が何を言っているのか判らなかった。けれど、「何を？」と聞き返すまでもなく、美少女の顔を見返した仁はその意味を悟った。

何気なく口にしたようで優亜は、その癖、美貌を真っ赤に染めているからだ。それもまるでセイロで蒸されでもしたかのように、耳まで赤くさせている。

「えっ？　あの、してみるって、まさか、僕と優亜ちゃんがってこと？」

正しく意味を悟っても、内容が内容だけに確かめずにいられない。

「ひ、仁くんが嫌じゃなければ……」

先ほどまでの快活な口調が一気に影を潜め、いまにも消え入りそうな声。真っ直ぐにこちらを見つめていた視線も、途中から顔を逸らし、目を合わせないようにしている。それはそれで、ものすごく可愛らしく、一つ年上と言ってもやはり女の子なのだと感じさせてくれる。ならばなおさら優亜は、なぜそんなことを言い出したのか。

「い、いやだなんて、そんな……。優亜ちゃんカワイイし……。それに凄く、その魅力的だし……」

言いながら仁は、改めて優亜の胸元に目を運んでしまった。

思春期の男子であれば、到底意識せずにはいられないその胸元は、悩ましいふくらみを形成している。

特に、昨日の制服姿と打って変わり、今日の優亜のフェミニンな装いはやばい。

グレーのノースリーブのカットソーに同色のカーディガンを羽織っているのだが、

その細身のラインが見事なまでに美しく強調されている。

中でも帯状の布地を体に巻き付けたようなカシュクールデザインだから彼女の容《かたち》のよい胸元を強調してやまないのだ。

それも優亜が身じろぎするたびに悩ましく揺れる乳房が、それが彼女の癖なのか腕で下乳から支えるため、たふんと腕にしなだれかかり、いかにもやわらかそうにその質感を伝えてくれる。

目のやり場に困るそんな光景に、ずっと悩まされてきた仁だから超絶美少女からのそんな誘いを受け断れるはずがない。

「で、でもどうして？　そんなことを……。優亜ちゃんと初体験できるのは願ってもないことだけど、それじゃあ僕ばかりがいい思いをするようで……」

優亜を疑うつもりなど毛頭ないが、あまりに話がうますぎるのが怖かった。と同時に、碧の面影が脳裏をよぎったのだ。

「やっぱり初めては、好きな人としたい？」

未だ美貌を上気させながら、じっとこちらの様子を窺うような眼差しに、仁は少なからず動揺した。優亜の鋭い洞察力は、いとも容易く仁の心内を見透かしている。

一つ年上であることよりも、そこはやはりおんなの勘というやつだろう。

「そんなことを言ってたら僕はずっと童貞のままかもね……」

ふうっと息を吐き出し、仁はぽつりと自嘲気味に言った。

「優亜が仁くんとならいいかなって思ったのだから、碧さんだってそんな風に思ってくれるよ。でも、その前に私としてみない？　私ね、仁くんが初恋の相手だったの。仁くんにとって碧さんがそうであるように、優亜にとっては仁くんが……。だから仁くんとならって……」

恥ずかしそうに告げてくれた事実に、少しだけ驚きはしたものの仁の心のどこかで「うれしい」と心が浮き立っている。

「本当に？　だったらうれしいな。だって優亜ちゃん、本当に魅力的になっているから、そんな女性の初恋の相手が僕だなんて……」

ただ素直に心に湧き上がる言葉を口に出しているだけながら、それを言葉にできていること自体がシャイな仁には奇跡に近い。いつになく饒舌でいられるのは、優亜がしてくれた提案に舞い上がっているからであろうか。

我ながらこれ以上口を開いて、ぶち壊しになるようなことを口走りはしないかと、怖いくらいなのにどうしても口を閉じていられない。

「僕でよければ……。いや、僕の方からお願いします。優亜ちゃんに僕の初めての相手になって欲しい！」

話しているうちに少しずつ熱が籠っていくのが自分でも判る。碧のことを気にしていながら優亜の申し出をいいことに〝お願い〟など、都合がいいにもほどがある。けれど、そう思いつつも込み上げる期待を抑えられない。

「うん……。わ、判ったわ。じゃあ、どうしようか？　これから、ウチに来る？」

こんなに優亜が積極的に振舞うのは、あるいは彼女が背伸びをしているからかもしれないと、何となく仁は思った。

どこか恥ずかしそうであったり、仁と目が合わぬように話したりするのも、そのせいなのかもしれないと、仁なりに優亜を見ていた。

5.

「まさかママが帰っているなんてね……。でも、うちのママ、おっとりしてるから気づかれないと思う……」

優亜に誘われるまま家にまでついて行くと、想定外に彼女の母親と出くわした。

彼女の母は、仕事を持っているとかで、午後のこの時間であれば家にはいないはずと聞かされていたのだ。

「白泊の榊原のお爺ちゃんのところの仁くん。小さいとき優亜と遊んでいた子。ママも覚えているでしょう？」

ごく当たり前に優亜が仁を紹介すると、母親は仁の顔をまじまじと見つめ「ああ、大さんの……」と祖父との連想で思い出し「大きくなったわねえ」と懐かしんでくれた。

自分の母親と同じアラフォーと思しき優亜の母は、仁にも見覚えがあった。

（にしても、優亜ちゃんのお母さんもきれいだなあ……。この島ってこんなに美人が多いんだぁ。このお母さんの娘だもの、優亜ちゃんがカワイイの当たり前かぁ……）

「こんにちは。ご無沙汰しています」

この状況ではと、半ば諦めながら挨拶をした仁だったが、優亜はまるで意に介さず、仁を自室へと招き入れた。

「いいからそこに座っていて……」

ベッドを指さし、そこに腰かけるよう促される。

「ちょっと、そこで待っていてね……」

自らは部屋の扉の前に陣取り、桜唇に人差し指を一本立て、「しーっ」と静寂を促してから息を凝らし、何かをじっと待ち受けている。

しばらくすると、トントンと階段を登る足音。すっと優亜が部屋の扉を開けると、彼女の母親がお菓子と飲み物を載せたお盆を手に扉の前に立っていた。

「はいはい。ありがとう。いいからママはお邪魔だから……」

部屋の中を覗き込もうとする母親を遮るように優亜。

「もう、邪魔とは何よ！　人聞きの悪い。仁くん、どうぞごゆっくり」

母親からお盆をひったくるように受け取り、すげなく扉を閉めると、すぐにまた外の様子を窺うように耳をそばだてている。

「こう見えて私、結構信用あるのだけど……」

男子を部屋に連れ込んでこれからことに及ぼうとしていて信用あるも何もないと思いながらも、仁はまたぞろ自らの心臓が早鐘を打つのを禁じ得ない。

「うん。これでしばらくは大丈夫。ママも様子を見に来たりしないはず」

照れくさそうに笑う優亜の殺人的なカワイさ。グレーのノースリーブのカットソーが思春期太りとは無縁のすらりとした体型にぴったりとフィットして、女性らしいラインの美しさを際立たせている。

特に、張り詰めた胸元は丸い形が悩ましく浮き出て、目のやり場にも困る。

十七歳といえば未だ成長途中にありながら、その豊かなふくらみは彼女が身じろぎするだけでもやわらかそうに上下に弾む。

「とんだ邪魔が入っちゃったね」

クスクスと笑いながら優亜も、手にしていたお盆を傍らの学習机の上に置き、仁の隣に腰を降ろした。

ふわふわの頬を純ピンクに紅潮させ、美少女が可憐にそっと目を瞑《つむ》る。

「ねえ仁くん……」

口から飛び出す寸前にまで仁の心臓はバクバクしている。

(うわあああ……。優亜ちゃん、超カワイイっ!)

あらためて仁は、間近に来た彼女の顔を見つめそう思う。

一つ年上なだけなのに、やけに大人びて見える。それでいて、なまじっかなアイドル如きでは太刀打ちできないほどにカワイイ。

閉じられた瞼には、くっきりとした二重のラインが刻まれている。この双眸が開かれた途端、仁は強力な引力で引き付けられてしまうのを知っている。

「ゆ、優亜ちゃんっ……」

どぎまぎしながらその名を呼び、薄い肩にそっと手を伸ばす。

シングルベッドに二人並んで腰掛け、いい雰囲気が醸し出されたところに彼女から名を呼ばれ瞼を閉じてくれたのだから、それはもうＯＫに違いない。

ミニスカートを穿いたナイスボディの超絶美少女が求めてくれているのだから、やりたい盛りの仁はすぐに見境をなくしてしまうだろう予感がある。

（おっぱいなんて、グラビアアイドル並みだものなぁ……）

仁の歓心を集めてやまないふくらみは、何気ない優亜の動きにも悩ましく弾む。

右の腕に下乳を掬い上げるように乗せ、左の二の腕を掴まえるのが、彼女の癖であるらしく、細くしなやかな腕にしなだれかかるふくらみは、つい手を伸ばしたくなるほど魅力的なのだ。

（脚は脚で、長くて綺麗だし……）

いまどきの女子らしく濃紺のミニスカートを穿きこなす優亜の腰部は、高い位置で悩ましくくびれ、連なる臀部が左右に大きく張り出している。

その濃紺のミニスカートをラップするように花柄の白いレース生地が覆い、パンストを穿いていない生足を上品に包み隠している。

（ああ、だけど優亜ちゃん、超カワイイっ！）

セミロングのストレートヘアが、甘く優しい香りをまき散らしている。

色素が少しばかり薄い天然のブラウンヘアは、キューティクルがキラキラと眩いばかりに輝いて、今が盛りと咲き誇るよう。さらさらとなびいて揺れるたび、眩い光沢を放っている。

その髪がふんわりと覆う薄い双肩に、恐る恐る手を運び、そっとこちらを向かせると、優亜は美しいラインを描く鼻梁をくいっと少しだけ上向かせ、ふっくらと美味しそうな唇をツンと尖らせるのだ。

童貞の仁にも判るよう「口づけを」と、無言のままねだっている。

(こんなにおんならしくなって……。ああ、優亜ちゃん、たまらないよぉ……!)

キスどころか初体験まで約束してくれている彼女に、早くも下腹部に血液が集まる。

バクバク言い続ける心臓の音を聞かれはしまいかと危惧しつつも、仁はその距離を近づけるため重心を移動させる。途端に、ベッドが軋《きし》みながらもぐんと反発して、優亜の胸のふくらみを悩ましく上下させた。

薄目を開けた彼女に少し冷りとしながらも、スッと女体を抱きしめ、花びらのような唇に自らの同じ器官を近づけた。

むにゅんっと、やわらかな物体に唇が触れると、そのままぺったり押し重ねる。

「んふっ……」

不器用な口づけに美少女の小鼻から抗議の息が小さく漏れる。

その吐息さえ甘く感じるほど、いい匂いが女体から押し寄せてくる。

甘酸っぱくも悩ましく、仁の心臓を締め付ける香り。

ほこほこふっくら、そしてしっとりとした唇の感触に、天にも昇らん心地がした。

（すごいっ！　ふわふわで甘々だっ。超ヤバいっ！　ヤバすぎるぅ〜〜っ！）

胸板に当たるふくらみの感触も仁を羽化登仙《うかとうせん》の境地へと運ぶ。ゴムまりともマシュマロともつかぬ物体が、パンと張り詰めていながら、どこまでもやわらかく、仁を夢中にさせるのだ。

口づけしているだけなのに、射精しそうなまでに興奮している。しかも、優亜の唇は、ひどく甘く、どこまでも官能的で、触れたが最後とても離れられないと思えるほどの極上唇なのだ。

どこで息継ぎすればよいかも判らなくなり、息苦しくなるほどだった。

その間、一つ年上の美少女は、嫌がる素振りも見せないばかりか、キスを切り上げようとする仁を追いかけ、積極的に後頭部に手を回し、何度となく音を立てて唇を求めてくる。

「むふん、うふぅ……。んむぅ、ほふぅ……」

彼女の息継ぎに合わせ、仁も空になった肺に酸素を送った。

（ああ、こんなに積極的にキスされるなんて……！）

まるで「キスはこうするのよ！」と教えるかのように、時に仁の唇を舐め、時に桜唇をべったりと押し付けて、自らそのやわらかさや甘さを味わわせてくれている。

「仁くん、キスも初めてでしょう?」

息継ぎの合間にそう聞かれ、仁は慌てて首を縦に振った。

脳裏に、菜々緒の美貌が浮かんだものの彼女とキスはしていない。

仁にとって正真正銘のファーストキスなのだ。

「うふふ。だったらもっと優亜の唇を味わわせてあげる……」

言いながら美少女が今度は、べーっと舌を伸ばしながら仁の唇を塞いでくる。夢中で仁も口腔を開け、ふっくらした優亜の朱舌を招き入れる。

ねっとりと甘い舌に唇の裏側や歯茎、歯の裏側まで舐め取られる甘やかな官能。仁も舌を伸ばし、侵入してきた優亜の舌に絡みつける。

「ん……はむん……ちゅっ……仁く……ん……好きっ……んっ」

微熱を帯びた濡唇のぬめり。甘い涎が流し込まれ、口の中に若い牝の味が広まる悦びに仁は声にならない喜悦を爪弾く。

「んんっ……ふむん……ほふううぅっ……んむん…ぶちゅるるるっ」

攻守を変えて舌を伸ばし美少女の口腔内を目指す仁。小鼻を愛らしく膨らませ息継ぎしながら優亜は、あえかに桜唇を開き口腔内へ受け入れてくれる。

彼女の体温を感じ、濡れた舌の感触を味わい、白い歯列の静謐《せいひつ》な感触を愉しむ。

嬉々として優亜の真似をして、彼女の口腔内を舐めまくるようにして舌を這わせると、美少女も滑舌をまたしてもねっとりと絡み合わせてくれる。

（ぶわぁっ！　舌が絡み合うのって超やばい〜〜っ！）

舌腹と舌腹を擦り合わせ、互いの存在を確かめるように絡み付ける。

キスの悦びを仁は震えが来るほどに知った。

儚いまでの女体のやわらかさと弾力にも脳髄を痺れさせている。

すっかり前後の見境を失った仁は、密着した上半身の間に自らの手指を挟み、前に突き出した優亜の乳房を洋服越しにタッチした。

激しい欲望に釣り合わぬ、おずおずとしたお触り。童貞であるが故の自信のなさと遠慮が稚拙にもそうさせる。にもかかわらず、掌はその驚くほどのやわらかさと心地よい弾力を余すことなく伝えてくれた。桜唇同様、優亜の乳房は、触れたが最後、二度とそこから離れられなくさせるほどの魅力に溢れているのだ。

「んんっ！」

触られた美少女の方は、恥ずかしげに鼻腔から声を漏らしたものの抗おうとはしない。むしろ、大きく胸元を前に突き出し、挑発的に乳房を差し出してくれる。それでいて、その表情はどこまでも恥じらうようで、目元までぼーっと赤くさせていた。

その色っぽい表情に勇気づけられ、仁は手指にそっと力を込めた。

「んふぅっ……」

手指に撓められたやわらかな物体は、自在にそのフォルムを変えていく。

（お、おっぱいって、こんなにやわらかいんだ……。やばい、手が気持ちいいっ！）

今まで生きてきて、一番気持ちのいいものを触っていると、鋭敏な手指性感が告げている。

伸縮性に富んだ生地のベージュのカットソーと、さらにその下にはブラジャーを着けているはず。薄着であるがゆえに、魅惑のふくらみのやわらかさや、ぴんとしたハリと弾力に満ち満ちた乳肌を余すことなく味わうことができ、仁はますます夢中になっていく。

「や、やさしく……。触りたいだけ触ってもいいから……。やさしく……」

ようやく互いの唇が離れると、掠れた声で優亜が囁いた。

はにかむような表情で、じっとこちらを見つめてくる。思いがけず、そこには乙女の恥じらいが滲み出ている。

（ああ、優亜ちゃん、やっぱり僕のために背伸びをしているのだ……）

大人びて見えていた彼女が、年相応の美少女に戻っている。

ピンクの靄のかかっていた頭の中が、少しだけ晴れた気がする。その分だけ、彼女を慮《おもんぱか》る余裕ができた。

「い、いいの？　このましちゃって、本当にいいの？　優亜ちゃん……っ」

ありったけのやさしさを声に乗せたつもりだ。すると、超絶美少女は、やわらかく微笑み返してくれた。

「言ったでしょう。仁くんは、優亜の初恋の相手だって。だから、仁くんには、しあわせになって欲しいの。大人の碧さんを振り向かせたいのなら仁くんも大人の男にならなくちゃ……。優亜は、そのお手伝いをしたいの……」

そう言いながらも優亜は、いよいよ頬を赤らめている。

「でもそれじゃあ、あまりに僕にばかり都合よすぎて……」

ここまで来て躊躇う仁に、はにかむように微笑みかけてくれる優亜。

「うふふ。やっぱり仁くんやさしいのね……。でも、優亜にもメリットはあるよ……。仮に仁くんが、この先何人のおんなの人と関係を持ったとしても、初めての相手として優亜が仁くんの記憶にずっと刻まれるの……。ずっと優亜のことを忘れられなくなるのだもの……」

そんな言い方をしながらも優亜の眼差しには、まるで聖母のような慈愛が込められている。

「この時間の全てが、仁くんのしあわせな思い出になってくれるとうれしいな……」

言いながら優亜が腕をクロスさせ自らのカットソーの裾を手で掴んだ。大胆にも下からまくり上げるようにして脱ぎはじめる。

キュッと引き締まったお腹が露出したかと思うと、容のよいふくらみが惜しげもなく晒される。

華奢な印象の体型にそこだけが前に突き出したようなバストは、それでも未だ発展途上にあるはずで、どこまで発育するのだろうと思わせるほど。

そのふくらみをやわらかく覆うのは、女子高生が目いっぱい背伸びした勝負下着であるらしく、繊細な花柄模様の刺繍が施された大人ピンクのブラジャーだ。

「仁くんに優亜の全てを見せてあげるつもりだけど、うふふ、仁くんのエッチな視線、痛すぎるよ……」

そう言いながらも美少女はスッとその場に立ち上がり、レースのチュールとミニ丈のスカートも脱ぎ捨てていく。

華奢なまでに括れたキュートな細さのウエスト。まだ脂を乗せ切っていない未成熟な女性特有の細さなのに、その腰つきはしなやかな丸みに熟しつつある。丸く引き締まった媚小尻が、きゅっと上向きに持ち上がりながらグラビアアイドルも顔負けに発育しているのだ。

手足が長いため、より均整がとれた印象を持たせている。特に、その太ももは、しなやかにもパンと張り詰め、大理石の如き滑らかな美肌がゆるみなく円筒形状にぴっちりと包み込んでいる。

思春期特有のむくみなど一つも見られない美脚は、まさしくカモシカのよう。

「獣のような眼って、いまの仁くんのような眼をいうのね。ギラギラして、すっごくいやらしい。でも、そんな男っぽい仁くんもいいかも……。ほら、そんな見ているだけでいいの？」

相変わらず優亜の美貌には、恥じらいの色が滲んでいる。けれど、その一方で、小悪魔のようなコケティッシュな表情も見え隠れする。その二律相反するどちらもが、超絶美少女の素顔であるらしいからおんなは不思議だ。

6.

「お、おっぱい、もっと触りたい……」

カラカラになった喉奥に、ごくりと唾を呑み込み、仁は辛うじて声を搾りだした。

「いいよ。仁くん、おっぱい好きなのね……」

クスクスと笑いながら優亜は仁の隣に腰を降ろすと、その掌が仁の手の甲に重ねられ、ゆっくりと自らのふくらみに導いてくれた。

たった一枚布地が無くなっただけなのに、乳房の感触は格段と官能味を増している。マシュマロの如くふわふわである上に、ほっこりとした人肌の温もりが伝わる。さらには、深い谷間を作る肉房が、いまにもブラカップから零れ落ちそうな危うい眺めとなって、ビジュアル的にも生々しく刺激してくる。

「ああ、優亜ちゃんのおっぱい、きれいだぁ!」

凄まじい興奮に襲われた仁は、今一度生唾をごくりと呑み干してから、ゆっくりと十指に力を入れていく。鉤状に両手を窄ませてから、またゆっくりと開く。魅惑のふくらみが掌の中でむにゅりとその容を変えながらも心地よく反発する。

ふわりと肉房を支えるブラカップ越しですらこれほどに官能的なのだから、直接肌に触れたならどんなに気持ちいいだろう。必死に、その愉悦を想像しながら、ゆったりと優亜の乳房を揉んだ。

先ほどの「やさしくして」との懇願が頭に残り、かろうじて自制させているが、そうでもなければ、激情のまま貪るように揉み潰していたかもしれない。

「こ、これが優亜ちゃんのおっぱいの感触なんだね……。すごいよ。超やわらかくって、手が蕩けそう……」

しわがれた声で囁くと、紅潮させた頬がむずかるように左右に振られる。

「んふぅ……そうよ。これが女の子のおっぱいなの……。やわらかいでしょう……？うふぅ……ひ、仁くんも、やればできるじゃない……。そういうやさしい触り方……あうん……おっぱい、き、気持ちよくなっちゃう」

どこまでも年上を意識するように、やさしく教えようとする優亜。それでいて、乳房から込み上げるモヤモヤとした喜悦に、美貌を色っぽく蕩けさせている。

（うわあ。優亜ちゃんが、僕におっぱいを触られて感じちゃっている……）

掌底にぐいぐい乳房を捏ね上げられ、びくんと女体をヒクつかせている。

明らかな反応に調子づいた仁は、側面からふくらみを中央に寄せるようにして、親指の腹を中心に運び、その頂点をぐにゅっと押してみた。

「ああんっ……」

即座に、漏れ出した甘い啼《な》き声。ブラカップの頼りない硬さが中央にぺこりと凹み、プロテクトされていたまだ見ぬ小さな突起に擦れたのだ。

童貞ボーイの仁にだって、それくらい判る。優亜の乳房性感が妖しく漣立っていることも。恥じらいの表情とは裏腹の反応に、仁はまたも凄まじい興奮に襲われた。

抑えようのない情動が、湧き起こり頭の中が真っ白になった。

「優亜ちゃん！」

再び、その唇を求めようと顔を近づけると、ふくらみを掴まえたままの手に力が入りすぎ、そのまま彼女をベッドに押し倒す格好となった。

「きゃぁっ！」

超絶美少女の短い悲鳴が、さらに仁の牡本能を焚き付け、前後不覚にした。

「優亜っ！」

一つ年上の美少女を呼び捨てにし、倒れた女体にのしかかった仁は、鼻先が華奢な首筋に突っ込んだことをいいことに、その白い柔肌にぶちゅっと唇を当てた。

「あうんっ！　あっ、あぁっ、仁くぅ～んっ」

砂糖菓子より甘い声には、全く嫌がる素振りを見せない。むしろ、彼女の手が仁の後頭部に伸びてきて、やさしく撫でさすってくれている。

どんなに奔放に振舞おうと優亜がビッチなどではないことを、仁はちゃんと気づいている。全ては仁のために背伸びしてくれているのだ。

もちろん確かめる術などないが、こうして互いの素肌を合わせていると何となく伝わるものがあった。

「優亜っ。こうしていると、愛しさが湧いてくる……。どんどん優亜のことが好きになる！　なんて、調子いいかなあ？」

「ううん。そんなことない。仁くんの気持ち、うれしい！　人を好きになるのって時間じゃないでしょう？　一目惚れも、百年の恋も尊さに変わりはないと思う……」

蕩けた表情の優亜ながら、また少し大人びて見えた。

大切なことは、相手を想う気持ちであり、時間ではないと教えてくれている。

「うん。そうだね。愛するって、そういうことなんだね」

想いが胸を熱くし、さらに体を火照らせる。

「好きだっ。優亜、好きだよっ！」

口にすると、感情が一気に膨れ上がり下半身へと収斂されていく。分身が激しく疼き、硬く硬く勃起した。

「仁くんの……。優亜のお腹に当たっている……」

そのか細い声。睫毛《まつげ》を震わせ、恥じらう美少女。

「すごいのね……凄く、大きくって、怖いくらい……」

大人びて見えていた彼女が、またしても等身大の可愛らしい優亜に戻っている。バージンではなくとも、やはり優亜は乙女に過ぎない。セブンティーンの女子高生には、極限にまで勃ち上がった仁の肉塊は、ある種の凶器に映るらしい。

成熟したおんなと美少女との中間にいる優亜だからこそ、その間を行ったり来たりできるのだろう。また、それがかえって特有の魅力を放つのかもしれない。

「優亜っ！」

込み上げる激情を堪えきれずに仁は思い切って、彼女の胸元をまさぐっていた手指をその下半身へと移動させた。

ブラジャーと同色のパンツをスルーして、すべすべつやつやに輝く太ももに、そっと掌を滑らせる。

水を弾くほどピンと張った肌のつるすべ感。むくみ一つないすらりとした肢体が、凄まじい感触で仁の欲情をそそる。

（おんなの子の脚って、男とこんなに違うの？　な、なんだぁ、この太ももは……！）

瑞々しくぴちぴちの太ももは、思わず頬ずりしたくなるほど。唇や乳房と同様に、あてがった手を剥がすなど到底ムリと思われた。

「んっ……。んふぅ……っ」

触られている美少女は、初めこそびくんと震えながらも、すっとカラダの力を抜いてくれる。相変わらず、仁の後頭部をやさしく抱きながら短い息を吐き、触るに任せてくれるのだ。

（いいのかなあ？　本当にこのまま、やらせてくれる気かな？　お母さんが下にいるのに大丈夫かあ？　本気かどうか、このパンツを脱がせちゃおうか……）

頭の中を疑問符で一杯にし、迷いに迷いながらも、仁は一番大胆な選択肢をチョイスした。判らないから即物的に、本能のまま進むしかない。

仁は、美少女に了解を得ることも忘れ、その薄布のゴム部に手をかけた。

「えっ？　あぁん……っ！」

爪先をゴムの内側に挿し入れ、いきなりに薄布をずり降ろす。

「やっ、だ……。もう、仁くんのエッチぃ……優亜のアソコが丸見えになるぅ」

さすがに身を捩り恥じらう優亜ではあったが、半ば腰を浮かせ脱がせる手助けさえしてくれる。

長い美脚も持ち上げてくれたから、パンツを抜き取るのは容易かった。

はたと気づき仁自身も大急ぎでズボンとパンツを脱ぎ捨てる。

「ああん、すごく大きい。仁くん、そんなに大きいの？」

大きな瞳が、しばしばと二、三度瞬く。これが自分の中に挿入《はい》ってくるのかと、さすがに怖気づいたらしい。

しっかりと皮の剝けた肉柱の威容は、美少女の眼にはグロテスクに映るだろう。

我が持ち物といえども、客観的に見て、その輪郭といい、血管の這いまわる禍々しい雰囲気といい、確かに凶悪な塊としか思えない。

まして優亜は、仁とわずかに一歳しか離れていない十七歳の女の子なのだ。

バージンではないと言っていたが、最初のボーイフレンドとは一度キリ、二人目ともつきあったのは三か月程度と聞いたから、それほどの肉体経験もないのかもしれない。

「優亜が知っているおちんちんと全然違う……。こんなにごつごつしているなんて……。ねえ、これ痛くないの？」

興奮と好奇心が、まん丸くさせた瞳に宿っている。

幼馴染であるがゆえに遠慮がないのか、やはり仁が年下であるせいなのか、気安く人差し指を伸ばして、側面をツンツンと突いたりするのだ。

（ああ、優亜が僕のちんぽに触っている……。なんかカワイイ……！）

清楚なお姫さまが、指先で悪戯をしているようで、仁の欲望が熱く滾った。

「すごい。仁くんのおちんちん、こんなに熱い……」

ついには、肉茎を握りしめ、ひんやりした白い指の感触を味わわせてくれる。

優亜には、仁に奉仕する気持ちよりも、自らの好奇心を満たすための行いであったらしいが、それでも獣欲が激しく湧き立つのを否めない。

心地よい刺激に、たまらなくなり仁は、またしても優亜をその場に組み敷いた。

「今度は優亜の番だよ。優亜のおま○こ僕に見せて……」

若い女性特有のX脚を軽く開かせ、秘密の花園を空気に晒す。

「やぁ、優亜のあそこなんて見ちゃいやぁっ！」

羞恥する超絶美少女の抗議も、興奮にのぼせ上がった仁を止めることはできない。

せめて一目でも未知なるものを垣間見たい欲求に突き動かされている。

「こ、これが優亜のおま○こ！」

露となった乙女の秘部は、明らかに仁の想像を超えていた。

ふっくらとした恥丘を繊細な黒い翳が淡く覆っている。さらにその下には、初々しくほころぶ純ピンクの膣口と、その周りを恥ずかし気に花菖蒲が顔を覗かせている。

女性器とはもっと生々しく、グロテスクなものであると聞いていた。けれど優亜のそれは、幼気であり、清楚であり、美しくすらある。

可憐そのものの外見に反し、その内部はおんなとして早熟しているのか、複雑な構造があえかに開いた蜜口から覗き見える。

「ゆ、優亜っ！　僕、もうどうしようもないよ」

瑞々しい女陰に魅入られた仁は、ただひたすら彼女と結ばれることしか考えられなくなっている。

そんな仁の切羽詰まった気持ちを黙って美少女は汲んでくれた。

「いいよ。仁くん、挿入《い》れたいのでしょう？　優亜もして欲しい……」

仁の熱の籠った視線を感じてか、新鮮な花弁が怖気づくようにヒクヒクと震えている。それでいて蜜口は、ジュクジュクと透明な蜜汁でヌメ光りはじめている。

「ゆ、優亜が欲しい！」

矢も楯もたまらずに仁は、優亜の股間に自らの体を運び、女体に覆い被さった。

どうしていいか判然とせぬまま、それでも本能的に体の位置をずらし、いきり勃つ分身を超絶美少女の女陰へと運んだ。

「ごめんね。仁くん……。優亜、バージンじゃなくて……。仁くんと結ばれると判っていたら、もっと大切にしたのに」

優亜が古風とさえ思える後悔を口にする。仁は左右に首を振りながら、そんな彼女をさらに愛しく思った。

「優亜、好きだよ」

「ゆ、優亜も、仁くんのこと……」

仁に呼応して、超絶美少女がさらに太ももを開いてくれた。

「きてっ！」

艶々の頬をサクランボのように赤く染め優亜は促してくれる。

(初体験できるんだ……。こんなに美人になった優亜とセックスするんだッ！)

美少女の求めに、すでに仁は発射寸前にまで肉傘を膨らませている。渦巻く興奮に身を任せ、腰を押しつけるようにして、仁を急かす根源をぐいっと前方に突き出した。

そのまま切っ先が、ぬぷっと膣口に埋まるはずだった。

けれど、猛り狂う竿先は、肉土手を縦方向にずずずっとなぞるばかりで、あえなく中央から外れていく。肝心な挿入が果たせないのだ。

未経験であるが故に狙いが定まらず、パンパンに膨らんだ亀頭を縦溝に擦りつけるばかり。

「あぁん、違うわ、そこじゃない……あん、仁くんっ！」

少しでも仁の手助けをするつもりなのか、桃尻が軽く持ち上がり、優亜も切っ先を探っている。

けれど、上手く息が合わずに、切っ先が鶏のくちばしの如く彼女の女陰を啄むばかりで、想いを遂げることができない。

焦った仁は腰を引き、膣口に対し垂直になるよう角度を修正した。

（よし。今度こそ……！）

眼でも確認しながら押し進めたものの、またしても切っ先は、入口粘膜を突きまわすばかりで、上手く縦渠に嵌まってくれない。

「えっ？　あれ……？　こ、ここじゃないよね。でも、あれっ？」

込み上げる劣情に気が急く上に、少しでも優亜にいいところを見せたい気持ちが災いして、余計うまく収まらない。失敗に失敗を重ね、ついには、どうすれば挿入できるのか途方に暮れた。

「ど、どうしよう……。どうすればうまく挿入《い》れられるかしら……？　ねえ、焦らないで、焦るとうまくいかないわ」

お姉さんぶっていても、初体験は済ませていても、優亜にも余裕がないらしく仁をうまく導けずにいる。

「ぐああっ、ゆ、優亜っ。や、やばいよ。ちんぽ、痺れてきた！」

あり得ないことに亀頭粘膜が会陰部《えいんぶ》と擦れあう心地よさに、あっけなく果てようとする始末。やるせないまでのもどかしさが、次々と背筋を駆け抜けるのだ。

「ああ、ゆ、優亜、僕もう……！」

情けなくも限界を訴える仁に、美少女が慈愛の籠る笑顔を降り注いでくれた。

「いいよ。射精しちゃっても……。ムリせずに、ね……」

穏やかな口調で促しながら、仰向けのまま優亜がすべすべした手指を股間の方に伸ばし、やわらかく仁の亀頭部を包んでくれた。

そのしあわせな感触にも刺激され、射精衝動が全身を貫いた。

「ああ、ダメだ……。で、射精るっ！」

重々しく白濁を溜めこんだ玉袋をきゅんと絞ると、どっと精液が肉竿を遡った。

細く長い美少女の手指をたっぷりと穢した牡汁が、勢い余って肉花びらにまで飛沫を浴びせる。

情けないような申し訳ないような苦い思いを噛みしめながらも、優亜の美貌を眺めながらの射精は、最高に気持ちがいい。

恍惚の余り、弛緩した唇の端から涎が零れる始末だ。

「ごめんね。優亜……。情けなくて……」

「大丈夫よ。初めてなのだもの……。でも、これで……一度射精してしまえば、落ち着いたでしょう？　二回目は上手にできると思うよ」

射精を終えたばかりの肉塊をなおも手指で包み込んだまま、やさしく慰めてくれる優亜。精液まみれの指先で、亀頭部を揉み搾ってくれるのは、その言葉通りセカンドチャンスを促しているものか。

仁としても醜態を晒した気まずさはあったが、このままでは終われない想いもある。美少女の慈愛に勇気づけられ、股間がまたぞろ熱くなるのを感じた。

7.

「仁くんのおちんちん。やっぱりすごい。こんなに早く大きくなるなんて……」

目を丸くして素直な驚きを口にする優亜。男の生理を理解するほどの経験がない証拠だろう。

仰向けていた女体をベッドの上に起こし、入れ替わりに仁の体を押すようにして仰向けになるよう促してくる。

その間もずっと仁の亀頭部を覆う手指は、やはり、どこかおっかなびっくりといった印象が否めない。それでも優亜ほどの超絶美少女が愛情たっぷりに慰めてくれているのだから、たとえ射精して間もなくでも勃起しない方がおかしい。

「ふぐぅっ……だって、優亜の指、最高に気持ちがいいんだ！」

他愛もなく強張りを増していく分身に、なおも優亜が肉幹をしごいてくれる。

美少女の掌には、仁が発射させた白濁汁がたっぷりと付着している。そのヌメリを利用してのおずおずとした手指の動き。そのスライドは仁の硬度が高まるにつれ徐々に熱心さを増していく。

「ぐふうっ、ゆ、優亜、ダメだよ、そんなにしたらまた漏らしちゃう。今度こそ優亜の膣内に挿入《い》れたいのに……」

慈愛たっぷりの手淫の心地よさに後ろ髪引かれながらも懸命に静止を求めた。

「あん。ご、ごめんなさい。加減が判らないから……。そうよね。またこんなに大きくなれたのだもの、もうできるよね」

紅潮させた頬をさらに赤くしながら、肉塊を包んでいた手指を優亜が開いた。

照れたような、はにかむような笑みを浮かべ、ベッドサイドのティッシュＢＯＸから数枚のティッシュを鷲掴み、手に付着した仁の残滓《ざんし》を拭い去る。

「仁くんって、おっぱい好きだよね……？　男の人ってみんなそう。外に出るとうざい視線をいつも胸に感じるもの」

唐突に言い出した優亜が、ふき取ったティッシュをゴミ箱に投げ捨てたかと思うと、おもむろに自らの背筋に両腕を回した。

途端に、胸元が反り、やわらかそうなフォルムが強調される。

ただでさえ人目を惹く超絶美少女が、これだけの乳房をしているのだから、男たちの視線がそこに張り付くのは当然だろう。快活な彼女の動きに釣られ、悩ましく上下する胸元は、殺人的ですらあるのだ。

「おっぱい好きは認めるけど、でも、優亜のおっぱいばかり見ているのは大きいからってばかりじゃないよ。その……あんまり綺麗だから、つい……」

巨乳がもてはやされる昨今、ＴＶとかでも巨乳を誇るグラビアアイドルをよく目にする。大きさだけで言えば、優亜より大きなアイドルはざらにいる。けれど、どんな乳房よりも、優亜の均整のとれたバストの方が仁には魅力的に感じられる。

確かに、優亜の乳房は小さくはない。けれど、いわゆる巨乳と称されるバストとも違う気がする。童貞ボーイの仁に、ブラカップなど見極める眼力はないが、目の前の優亜は細身である上に、出るべきところがしっかり出ている分、挑戦的なバストと映るのだと理解していた。

「うふふ。仁くんは素直でよろしい。おっぱいばかりジロジロ見られるのは気持ち悪いけど……。綺麗だっておっぱいを褒められるのは、やっぱりうれしい……」

優亜は背筋にあるブラのホックを摘まむと、きゅっと内側に寄せるようにした。

微かに金属性の擦過音が弾けたかと思うと、美少女の背筋に伸びていたバックベルトが左右に離れた。

途端にずれ落ちようとするブラカップを、片腕をぱっと正面に戻し受け止める。

（ああ、優亜のおっぱいが……！）

すでに美少女は、女陰まで視姦させているのだから乳房を見せることの方がハードルは低いように思える。

童貞の仁が相手でなければ、とうにブラを剥かれていたはずだ。

だからと言って、女子高生が乳房を晒すことに抵抗がないはずはない。そこはやはり、言葉通りに仁のことを元気づけようと思い切った振る舞いなのだろう。

「仁くんだから特別に優亜のおっぱい見せてあげる。男の子が元気になれる秘密兵器だぞ！」

コケティッシュに笑いながら優亜がもう一方の手で、その薄い肩からブラのストラップを横滑りに移動させ、自らの肘の裏側に軽くかける。

美少女の絹肌を覆う上質な布地が一段とズレ、大きなふくらみの側面が少しずつ露出した。

全てが露となるギリギリのところで、バストトップにブラカップが引っ掛かる。

その危うい光景は、何とも淫靡であり扇情的だ。

「あぁっ……」

さすがに恥ずかしいのか、美少女が短い吐息を零した。

「ゆ、優亜……」

目を血走らせ凝視する仁に、優亜は強張る表情を緩ませた。

胸元を押さえる手指が、バストトップに引っ掛かるブラカップをゆっくりと外した。

「う……わぁ……。こ、これが優亜の生おっぱい……。き、きれいだぁ……！」

想像を遥かに超える美しさの双乳が、惜しげもなくその全容を晒したのだ。

細く華奢な女体に、そこだけが純白に盛り上がっている。

カットソーをパンパンに張り詰めさせていた正体がこれだ。

けれど、見た目に大きいと感じさせるのは、その腰部が鋭角に括れているからで、
実際はグレープフルーツ大といったところだろうか。

ひどく容がよく、歪み一つないお椀状のフォルムが、何とも言えぬ気品と儚さを感じさせる。

それは抜けるような乳肌の白さと、驚くほど可憐な乳首の存在も手伝っている。小さな乳輪は純ピンクに淡く染まり、白皙《はくせき》とのコントラストがとても鮮やかなのだ。

「こうして見ると、やっぱり優亜も日焼けしているんだね。おっぱいだけこんなに白い……」

「ああん、言わないで。恥ずかしい……。だからおっぱい見せたくなかったの……」

身を捩り恥じらう優亜に合わせ、純白の乳房がやわらかくも大きく揺れる。

生身のおんなの裸など、直に見るのは初めてのこと。

ただでさえ情け深い手淫に復活を遂げた肉塊が、やおら天を突くように反り返った。鈴口から先走り汁を噴き出させながら、大きな肉根を嘶かせる。

その雄々しい発情に、超絶美少女がまたも目を丸くした。

「まあ、おちんちん逞《たくま》しい。うふふ。仁くんやっぱり、おっぱいがそんなに好きなんだね……。これだけ大きくなれたのだから、もうできるよね？」

たくらむように囁きながら優亜の瞳が妖しく潤んでいく。ゆっくりと女体が仰向けの仁の上にしなだれかかった。

「えっ？　ゆ、優亜……っ？」

うつ伏せになったまろやかな白い半球が、仁の胸板をくすぐる。

極上の絹肌の滑らかな感触に、さらなる興奮を煽られた。

上質なプリンよりもさらに滑らかで、それでいて反発力の秘められた乳房が、仁の胸板の上を微妙に擦っていく。

「今度は、優亜が上でいいよね？　仁くんに優亜を味わわせてあげる……」

ちゅっと桜唇が仁の唇を掠め取ってから、その上体を持ち上げる。

うんうんと首を縦に振る仁。慈愛たっぷりの微笑を注ぎながら美少女が、仁の太ももの上に跨がった。

「自分から迎え入れるなんて、こんなの初めてなんだから……。エッチな優亜が仁くんの記憶に焼き付いてしまうね……」

ふしだらな行為をしているとの自覚からか、半ば興奮気味につぶやく優亜。引き締まったその細腰をゆったりと運び、男根を迎え入れる位置にずらしていく。

仁の腰の上、優亜が自らの下肢を折り畳んだまま、左右に大きく太ももをくつろげた。そうすることが大きな肉塊を受け入れるために必要と感じたのか、あるいは初めての仁に、迎え入れるまでの全容を晒してくれるつもりなのだろうか。

セブンティーンの乙女のことだから恐らくは、前者なのだろうと思いつつも、仁の記憶に残ろうとするおんなのサガが、優亜をより大胆にさせているのかもしれない。

「あぁ、優亜……っ！」

すぐにでも肉柱を咥え込んでしまいそうな淫靡な光景に、我知らず仁は息を詰めている。首を亀のように長くして起こし、目を皿のようにして視姦する。

「いやだ、仁くん、そんなに見ないで……。ううん。やっぱりちゃんと見ていて。優亜が仁くんのおちんちんを挿入《い》れちゃうところ……。恥ずかしいけど見ていて……」

熱にでも浮かされているようにつぶやく優亜。彼女の一方の掌が、仁の肉柱を捕まえ、自らの女陰の中心へと導いていく。

「ああ、優亜。なんていやらしいことを……。でも、大丈夫なの？　僕のちんぽ、挿入《はい》るの？　こうしてみると優亜のおま○こ、すごく狭い気が……」

一度射精しているからこそ、先ほどよりは冷静に女陰も観察できている。

純ピンクの膣口の中には、たっぷりと湿り気を帯びた柔襞が幾重にもひしめいて孔と呼べるほどの隙間がない。しかも、その膣口は、肉幹の胴回りとサイズ違いも甚だしいほど小さいのだ。これでは、とても仁の太竿が収まるとは思えない。

初心な疑問に、ぎこちなく微笑みながらも、美少女は小さく頷きながらベッドに後ろ手をつき女体を支えた。

「仁くんのおちんちん、とっても大きいから自信ないけど、たぶん大丈夫……」

いきり立つ肉塊の先端を恥唇にあてがい、上下に滑らせてから蜜口と噛みあわせる。

巾着状のいびつな環が拡がり、チュプッと鈴口を咥えこんだ。

途端に押し寄せる人肌のヌメリ。蜜唇と鈴唇が口づけしただけで、仁の背筋に鋭い喜悦が走った。

「うわあああああっ！」

悲鳴にも近い呻きをあげる仁にはお構いなしに、細腰で小さく円を描くようにして、なおも女陰と亀頭部の淫らな口づけを繰り返す。

「このくらいでいいかなあ……。じゃあ、仁くん。挿入《い》れるね……」

どうやら仁の分身に蜜液を擦り付けていたらしい。仁は無言のまま、再びぶんぶんと首を縦に振る。顔を真っ赤にさせ、爆発寸前の自らの心臓音を聞いている。

緊張で身じろぎ一つできずに、優亜がどうするのかをひたすら見つめた。

美少女は後ろに傾けていた体重を戻し、仁の肉塊の上で蹲踞《そんきょ》するように身構えると、その美脚を大きくくつろげさせたままゆっくりとその細腰を落としはじめた。

ぬぷちゅっ、と湿った水音が響き、温かくやわらかなものに亀頭部が突き刺さる。

「ぐお……っ」

「あぁっ……んん〜〜っ！」

仁が喉仏を唸らせたのと小鼻から漏れた優亜の声がシンクロした。

「んふぅ……す、すごいの……。お、大っきい……！」

超絶美少女の細腰がなおもずり下がると、想像以上に締め付けのキツイ粘膜がうねりながら仁のパンパンに膨張した器官を包みこみ、内部へと迎えてくれる。

もどかしいほどにゆっくりと挿入されていくのは、肉塊の質量が優亜の予想を上回っていたからに相違ない。

「ん、んふぅっ……んんっ、はうぅっ！」

苦し気な吐息を漏らしながら、一ミリずつ着実に仁の分身を呑み込んでいく。

蜜口はパツパツに拡がり、肉管はミリミリっと音が漏れてきそうなほど狭隘を極めている。

相当な膨満感や異物感に苛まれているのか、優亜は眉間に深い皺を寄せ苦悶の表情を浮かべていた。

「つく……ひ、仁くんの大きな物が、ううう……大きいッ！」

やわらかくも窮屈な媚肉鞘は、入口がゴム並みに幹を締め付ける巾着であり、内部も処女並みの狭隘さで侵入した肉柱にねっとりとまとわりついてくる。しかも、肉壁は早熟にもおんなとして熟成しており、蛇腹状であり、さらにはうねくる複雑な構造とやわらかくもざらざらした感触で仁を魅了する極上名器なのだ。

「す、すごくいいいっ。ああ、おま○こって挿入《はい》るだけで、こんなに気持ちいいんだね!」

凄まじい官能が背筋を駆け抜け、射精寸前の危うい悦楽が全身を痺れさせる。

「あ、あぁ……くふぅ、ううっ……仁くんもすごい……苦しいくらい広げられちゃっているの!」

それでも優亜はひるむことなく迎え入れを止めない。細身に違わず狭い膣孔も、その柔軟性は高く、しかも汁気たっぷりであるため、先に進めることができている。

仁に初体験させてあげたい一心で、ここまでしてくれるのだ。

「もういいよ。優亜。ムリしなくていいから……」

仁のために尽くしてくれる優亜に、もう少しでその言葉を吐き出す寸前だった。

「あんっ、あううぅっ!」

噤まれていた桜唇がほつれ仁の耳を蕩かせる甘い嬌声が零れ落ち、ほっそりした頤がぐんと天を仰いだ。

全身から性熱を放射させ、声を淫らに掠れさせ、美少女は跨がった腰の上、さらに両膝を蟹足に折った。

巨大な質量の勃起が、ずぶんっと根元まで呑みこまれる。仁のお腹に両手を置き、全体重を預けるように腰を落としたのだ。

「はううぅっ！」

艶めかしい喘ぎを惜しげもなく聞かせてくれる優亜。下の階にいる彼女の母親に聞かれはしないかと、ほとんど余裕のない仁でさえビクリとしたほど。

未使用の新たな命を宿すべき場所に、切っ先が届いたからだと、経験不足の仁には想像もつかない。

「くふぅっ……。は、挿入《はい》っ…たよ！　仁くんのおちんちん、全部優亜の膣中に……」

官能味たっぷりに桜唇をわななかせながら、途切れ途切れに優亜がつぶやいた。開股したその太ももまでもが、ぷるぷると震えている。

優亜に告げられ、ようやく仁も実感した。ついに初体験したのだ。激しい感動が沸き起こり、心も体も小刻みに震えた。

「挿入《はい》ったんだね……。優亜とできたんだ！　僕のちんぽが、優亜のおま○こに全部呑み込まれて……」

頭を持ち上げ根元まで埋没していることを確認しても、どこか夢のよう。けれど、背筋に走る凄まじい心地よさは本物だ。

「お待たせしました。うふふ。仁くん、童貞卒業おめでとう」

「優亜、ありがとう。うれしいよ。僕はいま、本当に優亜とひとつになれたんだね！　こんなに綺麗でカワイイ優亜と……！」

「そうだよ。これで仁くんの初体験の相手は、優亜になったの……。あん、でも、すごい……っ。仁くんのおちんちん、逞しすぎて……。迎え入れるだけでも大変だったけど、挿入《はい》ったら挿入《はい》ったで……あぁんっ！」

ゴツゴツした仁の肉柱が、サイズ違いの蜜口にぶっさりと突き刺さっている。自分の分身とはいえ、あの大きな質量が引き締まった優亜のお腹の中にあると思うと不思議だった。

「熱くて、硬くて、あぁ、どうしよう……。優亜の膣中に仁くんのおちんちんがあるだけで気持ちよくなっちゃう……」

優亜が仁を称えるたび複雑な内部のヒダヒダが肉幹をくすぐってくる。しかも、湿潤な肉襞が仁の猛り狂う火かき棒を鎮めようとしてムギュリと締め付けてくるのだ。

「うおっ……な、なにこれ、やばいよ！　な、膣内が、ぶはぁぁ〜〜……っ！」

初体験の感慨に浸る余裕もない。美少女の膣肉のうねうねとした蠕動がどんどん強くなるからだ。動かしもしていないのに、肉襞と剛直が熱く擦れている。

押し寄せる快感に、たまらず仁が武者震いにも似た振動を優亜に浴びせると、彼女もおんなの密室に快美な喜悦が込み上げるらしく、悩ましい吐息を漏らしながらその引き締まった女体を仁の上に覆い被せた。

「あ、あはぁ……。いやん、気持ちいいっ……。堅くて、大きなおちんちんがこんなにいいなんて……くふぅぅぅ～っ、優亜、だ、ダメになりそう……」

「ぼ、僕もヤバいよ。優亜のおま○こ、病みつきになりそう！　繋がるのってこんなに気持ちいいんだねっ！」

いくら気持ちいいと言葉にしても、言い表せないほどの心地よさ。もしも仁が先ほど早打ちしていなければ、挿入して早々に射精していたであろう。

気まずい思いをしたものの、それが災い転じて福となったようだ。

だからと言って、仁に余裕などない。ついには押し寄せる悦楽にじっとしていられずに、華奢な女体を腰の力だけで持ち上げるように突き上げた。

「あっ、だ、ダメぇ……。あはぁ、あっ、あっ、あぁ……。ダメよ、ダメなの……。優亜、感じちゃうぅぅっ」

途端に悩ましい艶声を漏らしながら美麗な女体が、再び上体を持ち上げる。突き上げに呼応するように、細く括れた腰部をくねらせるのは、少しでも仁に官能を送り込もうとするものか。肉幹が媚孔からその姿を覗かせ淫靡にきらめいては、再び花唇にもぐりこむ。

結合部に残ったぬめりが練りこまれ、ヌチャヌチャと妖しく囀る。

「あん、あん、あぁ、気持ちいいっ……。ねぇ、いいの……。優亜、こんなに感じるの初めてよ……。教えてあげるつもりが、ああ、教え込まれてしまいそう……。奥で擦れて火がついちゃうぅ！」

期せずしてはじまった仁の突き上げに、優亜も悩ましく細腰を捩り、恥ずかしい本音を漏らしている。柔襞が悦びのあまり、蠢動《しゅんどう》を繰り返す。

「セックスってこんななのだね。おま○このなかを出たり入ったり……」

相変わらず首を起こし、艶めかしい交合の眺めに固唾を飲んでいる。それは仁ばかりではないらしく、一つ年上の美少女も、あまりの生々しさに強張らせた頬をひどく紅潮させている。

「ああん、こんないやらしい……。激しすぎて動物の交尾と変わらないじゃない……。あっ、ああん…恥ずかしすぎるのに、気持ちいいのが止まらないの……」

後ろ手で支えた上体を反らし、容のいいふくらみを高々と突きだし、艶やかな蜂腰

を自らも揺すらせて快感を貪る優亜。けれど、その悩ましい腰つきには、仁同様にどこかぎこちなさが感じられる。

「すごいの。ねえ、仁くん、すごいの……。ああ、優亜、こんなに敏感になったことないのに……。仁くんとだからかなあ……。あうん、あっ、あっ、あぁ……はしたない優亜に引いちゃわないでね……」

美貌をくしゃくしゃにさせてよがる美少女は、凄絶なまでに淫靡でありながらも、やはり、どこかに可愛らしさと品のよさが残されている。

「ぐわあぁっ、ぶふうぅ！　あっ、あぐぅ……。やばいよ、優亜。そんなに腰を振っちゃぁ、僕だめだよっ……。めちゃくちゃよすぎて……っ！」

本能に任せた仁の上下動に、優亜の横揺れの腰つきが加わると、蕩けるような快美が何十倍、何百倍、否、何万倍にも膨れ上がる。

仁が泣き言を吐いても、優亜の危うい腰つきは止まらない。超絶美少女もまた強烈な官能に囚われて、ふしだらな腰振りを自制できないようだ。

優亜が腰を高々と持ち上げれば、竿を覆う表皮が上方へ引っ張られ、雁首に熱く擦れる。逆に美少女が蜂腰を落とせば、亀頭から付け根までをうねる膣内粘膜に擦られ、真空状態に近い膣孔に肉竿全体をバキュームされる。

仁の太竿に慣れてきたのだろう。徐々に、そのぎこちない動きがスムーズになり、くちゅくちゅと淫らな水音を奏でていく。

「ああん、太くて硬いのが……。優亜の奥に当たってるっ。コツン、コツンって頭にまで響いちゃうのっ！」

肉柱がトロトロにぬかるんだ肉畔を満たし、袋小路で軟骨状の奥壁とぶち当たり、コツンと振動を響かせる。反りあがった仁の尖端が、肉路の臍側にある子宮を持ちあげているのだ。

もちろん、初体験の仁では、そんな手応えに気づけない。けれど、こつんと切っ先が行き止まりとぶつかるたび、栗色の髪を左右に揺すらせ、苦悶にも似た表情で喘ぐ優亜の美少女らしからぬ激烈なよがり貌が目の当たりにできた。

容のよい鼻は天を仰ぎ、紅潮させた頬が喜悦に強張っている。漆黒の瞳には涙さえ浮かべ、桜唇をわななかせながらすすり泣いている。

（すごい！　あんなに清純そうな優亜が、僕のちんぽでどんどん乱れていく……！）

男にとってこれほど嬉しい光景はない。文句のつけようもないほどの超絶美少女が、自らの分身に溺れ官能の表情を見せてくれるのだ。

扇情的なおんな振りに射精本能をいやというほど煽られ、気が付けば仁の肉棹はやるせないほどさんざめいている。

「ああ優亜、ダメだ……！　やばいよ。よすぎて、射精ちゃいそうだよぉっ！」

またしてもバツの悪い想いでいっぱいになりながらも情けない悲鳴を上げている。

絶え間なく襲い来る射精感に、いくら歯を食いしばっても耐えられそうにない。

「いいよ。射精しても……。優亜は大丈夫だから……。あん、っく……。ひ、仁くんの初めての思い出に、このまま優亜の膣中に射精させてあげる……」

一度しくじりをやらかしておいて、さらに恥の上塗りに早打ちするのは、いくら初体験の仁でも面目が立たない。

「でも、僕だけじゃなく、優亜にも気持ちよく……。AVとかでもおんなの人の方がイってから、ようやく男もイクでしょう……。だから、優亜にも……」

互いの律動が緩み、ようやく思っていることを口にできた。

「うふふ。やっぱり仁くん、やさしいのね……。大丈夫だよ。優亜もいっぱい気持ちよくなっているから……。恥ずかしいほど乱れちゃって……。それに正直言うと、優亜まだSEXでイったことないの……。ひとりエッチでは、その経験もあるのだけど……」

美少女の告白に、仁は目を丸くした。SEXで絶頂したことがないという告白も衝撃だったが、それ以上に優亜が自慰をしているという事実の方がより大きな驚きだ。

「だから、気にしなくても平気。そういうものだと思っているから……。それよりも仁くんが、気持ちよくなってくれていることがうれしいの……。だってそれは、仁くんが優亜に夢中になってくれた証でしょう？」

あるいは仁がコンプレックスを抱かぬよう慰めてくれているのかもしれない。それでも優亜は、むしろ歓んでいると伝えてくれたのだ。その慈悲深い女神のようなやさしさが心に沁みた。

「ごめんね。仁くん。イクのを我慢して辛かったでしょう？　いつ射精してもいいよ。ね、丁度、優亜は安全日だからチャンスだよ。ナマで膣中に射精せるなんて……」

コケティッシュな美少女の誘いに、こくりと仁が頷くと、優亜はまたしても細腰を浮かせていった。

しあわせな初体験が、あとわずかな摩擦で終わろうとしている。

もったいない思いと十分以上に満たされた思いとが、相半ばする頭の中が、じりじりと切羽詰まった射精衝動に埋め尽くされていく。

「うひっ、ぐふぅっ……おあっ…い、いいよ……優亜、最高だぁ！」

仁が射精間近にあることは、経験の少ない優亜の目にも明らかだろう。

まるでおんなの子のように喘ぎ、体をのたうたせているのだ。

「あん…あ、あはぁ……。仁くんも激しいっ！　そ、そんなに激しくされると、優亜もイキそうになっちゃうぅぅっ！」

優亜の方も仁の突き上げに快感神経を刺激され、身も世もなく啼きまくる。貪るように艶腰を蠢かせながら、悩ましいまでに身悶えている。汗みどろの裸身を純ピンクに染めあげ、ムンとしたおんなの匂いを色濃く部屋に充満させている。

ぐいっと背中を反らせ、たわわな乳房を張り詰めさせ、美貌をさらに純ピンクに染めていく。潤み溶けた瞳は見開かれているが、何も見ていないようだ。

「ひあぁっ、ああ、恥ずかしすぎるわ……、仁くんの逞しいおちんちんに我を忘れてしまいそうっ！　早く、早く射精して……でないと優亜、壊れちゃうぅ〜〜っ！」

若牝の発情っぷりに呆気に取られながらも、仁も必死で腰を突き上げる。初期絶頂に煽られながら、美少女の騎乗位は、ロデオのような激しさを見せている。

「ああ、優亜のエロ貌、たまらないよう。感じ方も、セクシーすぎる！」

嗚咽さえ漏らしながら、鋭角的な顎のラインを際立たせてのけぞる優亜。仁は右手を伸ばし、捧げられた容のよい乳房を捕まえ、ぐにゅんぐにゅんと揉み潰した。

「うおぉっ！　掌が蕩けてしまいそうなおっぱい！」

「あ、ああっ……おっぱいも感じる……」

欲情にプリプリと乳房が張り詰めて、肉丘に指を深く食いこませても、すぐにプルッと弾き返されるほど。

悩ましい感触に、仁はいっそう力をこめて揺さぶった。あるいは、しこった乳首を指の腹で抓んだり、転がしたりと、堅締まりしたピンクの蕾が、ますます大きくなるのを愉しんだ。

「ああん、優亜のおっぱいに仁くん興奮しているのね……。お腹の中でおちんちんが暴れているわ」

赤く色づいた唇が、仁のそれを求め女体ごと覆い被さる。熱い舌が口腔内を掻き回していく。

貪るような口づけに、若牡は頭に血を昇らせ、腰の跳ね上げを大きくさせた。

「ぐふぅぅっ……。優亜のおっぱい。凄い触り心地……おあぁっ！　お、おま○こも酷く締め付けて……。ダメだっ。本当にもうダメっ。射精すよっ！」

「ああ、どうしよう。優亜も気持ちよすぎる。ねえ、仁くん射精して……。優亜のおま○こにぃっ！」

快楽の入口めがけ発火寸前の肉棒をズコズコと抜き挿しさせる。

艶尻《あでじり》だけを持ち上げた美少女の媚肉をトロトロになるまで突きまくる。

「うふぅっ……くうう、ゆ、優亜っ……ぐおおおぉっ！」

たくましい突きを送りこみ、仁は獣めいた唸り声を零した。

限界ぎりぎりまで膨らんだ肉塊がボンと爆発しそうな勢い。

「射精すよ！　うぁぁぁ～っ、ゆぅあぁぁ～～っ！」

やるせない衝動に急き立てられ、仁は最後の突き入れを送った。

本能の囁くまま、超絶美少女の最奥に切っ先を運び、戒めを解いた。

礫のような一塊となった精液に、肉柱をぶるんと媚膣で震わせる。

堪えに堪えていた射精感が、腰骨、背骨、脛骨を順に蕩かし、ついには脳髄まで焼き尽くした。

吐精に息を荒らげながらも、初体験の充実があらためて胸に込み上げる。

（ああ、射精ている！　優亜のなかに……。美少女のおま○こで初体験、初中出ししちゃってる……！）

その事実を噛み締めるだけで、愉悦が百倍にも千倍にも膨らんでいく。

射精痙攣に肉塊が躍るたび、優亜も淫らにびくびくんと太ももを震わせていた。

美少女を初期絶頂くらいにまでは、導くことができたのだろうか。けれど、一つ年上の彼女を軽くイカせたくらいでは物足りない。

「あぁ、こんなに？　こんなにたくさん射精るの？　本当に仁くん、凄いのねっ」

子宮いっぱいに精液を満たされる感覚に、優亜は頬をツヤツヤさせて酔い痴れている。軽い女体を仁の上にうつ伏せ、たゆたうように甘い余韻に浸っている。

「ねえ。優亜、また僕とエッチしてくれる？」

「えっ？　うん。もちろん。仁くんが優亜としたいのなら……」

仁は素直な優亜のブラウンヘアを梳りながら、美少女がさらにおんなとして輝く様にうっとりと見惚れている。

「その時には、絶対に優亜をイカせたい……。優亜のイキ貌を見たいんだ！」

真顔で宣言した仁の唇に、優亜の桜唇が熱っぽく被せられた。

第二章　淫蜜　甘く蕩ける美熟ナースの手ほどき

1.

「ねえ。優亜が感じるのはどこ？　おっぱい？　それともおま○こ？」

ベッドに全裸で仰向けになっている美少女の魅力に、早くも仁は頭がくらくらしている。自分から質問しておいて、それどころではなくなってしまうのだ。

「すう……はあ……あぁ、なんていい薫りなのだろう……。やっぱり優亜のおっぱいは甘い香りっ！」

その乳膚から立ち昇る甘い薫香は、立ちどころに男を骨抜きにするフェロモンだ。成熟する途上にあるセブンティーンの優亜なのに、十分以上に男を誑かす牝臭をムンムンと放っている。

あまりの絶景と薫香に煽られ、分身を腹に付くほど勃起させながら仁はそのふくらみを両手で覆った。

「あん！」

美少女から答えも聞かぬうちの、いきなりの狼藉にも優亜は抗うこともなく、ただじっとして身を任せてくれる。

凶暴なまでの真夏の太陽が落ちてしまうと、クーラーなど入れなくとも心地よい海風にすっかり気温も落ち着いている。

それでも汗みどろに女体が濡れているのは、先ほど既に一度、肌を交わし終えているからだ。

二階のベランダから彼女の部屋に忍び込み、こっそりと夜這いをかけるスリリングさ。たとえ、それが優亜自らの導きを受けたものだとしても、高校生二人にとっては、親の目を盗む心躍る悪業であることに違いはない。

「んっ！」

つるんと剥き玉子のような乳肌は、オイルがまぶされているかの如くに汗まみれ。しっとりと濡れた感触が掌にぴちっと吸いついてくる。

手の中でふるるんと揺れる途方もないやわらかさに舌を巻きながら、仁は掌を下乳にあてがい直すと、その容を潰すようにむにゅりと揉みあげた。

「あんっ……ふむうっ……ううん……」

スライムを詰め込んだようなやわらかさ、スポンジのような弾力、そしてゴム毬のような反発力が、心地よく手指の性感を刺激してくれる。

ふくらみの下乳から輪郭に沿って、今度は表面をぞぞぞっとなぞり上げてみる。

反対側の乳房には、副乳のあたりに掌をあてがい手の温もりをやさしく伝える。

「おっぱいを感じさせるにはどうすればいいの？　優亜はどう触られたら感じる？」

やりたい真っ盛りなのだから仕方がないとはいえ、夜這い第一ラウンドは、またも劣情に囚われ、ただ闇雲に超絶美少女の肉体を貪るようにして果てた。

ただ幸か不幸か、精力だけは有り余っている仁だから、今度こそはとにかく優亜を絶頂させるのだと、美少女の感じやすいところや弱点を素直に訊いている。

すると優亜は、美貌を赤く染めながら乳房が感じやすいことを教えてくれた。

「でも、おっぱいって繊細なのよ。ううん。おんなの子のカラダはどこも繊細。だから闇雲に揉んだりしても感じないの。まずは、やさしく表面を撫でたり、焦らすように舐めたり……。とにかくやさし～く扱われると、気持ちよくなりやすいかな……」

「そっか、やさし～くね……」

教えられた仁は、指を鉤状に曲げ、その指の腹だけを乳肌に触れさせて、表面をなぞりはじめる。

仁とていまどきの子だから、その手のエッチＨＯＷ　ＴＯ情報は、ネットなどで目にしている。ここに来る前にも、スマホで検索し予習をしていた。その記憶を懸命にたどりながら、ぎこちなくもやさしく美少女の容のよい乳房に触れるか触れないかのフェザータッチを試していく。

乳肌の下に隠されている性神経を探るかのような手つき。

（焦らずに、じっくりと……。やさし〜く愛情たっぷりに……）

優亜の教えを頭の中で呪文のように繰り返し、丁寧に繰り返す。焦らすつもりで、未だ、乳首への愛撫は自らに戒めている。

「んふぅ……ああ、だめぇ……おっぱいが敏感になりすぎちゃう……。あはぁ……んっ、んんっ」

楚々《そそ》としていながら艶やかな嬌態に、我慢ならなくなった仁は、やむなく口腔を解禁した。

手指の及ばない方の乳肌に唇を這わせ、舌を伸ばしながら吐き出した息を吹きかける。側面から下乳にかけて舌先をゆっくりと進めていく。途中、丸く円を描き、乳暈に触れるか触れないかの際どい所で戯れる。そんなやさしい愛撫にも、優亜は細腰をくねらせて身悶えた。

「すごくすべすべ。それに甘い！」

汗に濡れた乳肌に、汗の塩味と微かな酸味を感じる。それでいて、ほんのりと甘みを感じさせるのは、皮下から湧き上がる体臭がそう感じさせるものか。

　青みを残した果実は、未だ熟れ切っていない。この乳房が、その成長を終え成熟すると、もっとたわわに、もっといやらしくなるような気がする。

（その時は、さらに巨乳になっているかも……。顔を埋めるとミルク臭いような……）

　仁はそんな未来を想像しながら優亜の乳肌に舌腹を擦りつける。

「ああ、優亜のおっぱい、美味しい！　この乳首も美味しいのかなあ？」

「ああん、吸って……優亜の乳首、吸ってぇ……焦らされすぎて、疼いているの。仁くんに、吸って欲しいの……」

　年齢に似合わぬほど濃艶な色香を発散させて求める優亜の誘惑に、仁はついに負け乳首へと唇を近づけた。

「ぢゅちゅちゅちゅばッ!!　最高に美味いしいよ……。レロレロレロン……乳首、感じるんだね。こんなに尖ってる……ぢゅちゅちゅちゅッ！　ああ、いやらしくそそり勃つ！」

「んふん、んんっ……あはぁ…いやよ、強く吸いすぎ……乳首大きくなっちゃう……あはんっ……硬くいやらしい乳首……っく……は、恥ずかしいぃ〜っ」

　乳首ばかりでなくその瞳までもが、とろりと濡れている。甘い顔立ちが悦楽に蕩けると、これほどまでに官能的になることを感慨深く眺めた。

「優亜のおっぱい、素敵だよ。すべすべつやつやで、ふんわり甘くて……容だって、色艶だって……どこからどう見ても最高！　何より、ほら、この感じやすさ……！　優亜のおっぱい、超やばすぎっ！　……ぢゅずぴちゅちゅ〜〜っ」

大きく口を開け、頂を吸いつけながら、やさしく歯を立てる。

瑞々しい女体が、びくん、ぶるるるっと派手に反応してくれるのが愉しい。

「ああん、優亜、エッチね……。おっぱいだけでこんなに感じるなんて……。ああん、おっぱいが張り詰めて、恥ずかしいくらい乳首が勃っている……。あっ、あはぁ……まだ弄るの？　あはぁん、こんなに優亜の乳首がなるの見たことないよぉ……」

自らの乳首をとろんと潤んだ瞳で見つめながら優亜は派手に感じまくる。己が淫らさを自覚すればするほど恥じらいと昂奮が入り混じり、エロ反応が増すらしい。脳味噌まで蕩けはじめたらしく、もはやその発情を隠しきれない。

「あふぅっ、あはぁぁ、んぅぅっ……。もうだめよ、切なすぎちゃう……ひぅっ……っくぅん……お、おっぱいが破裂しそうなの……」

乳房が奏でる官能は、もはやアクメに達してもおかしくないまでに膨れ上がっているらしい。否、もしや初期絶頂に軽くイッているのかとも思われる。美しく引き締まった肉体のあちこちに媚痙攣が起きているのがその証だ。

桜唇をわななかせ、額に眉根を寄せて身悶える美少女。その貌に見惚れながら仁は、いまなら絶頂アクメへと導びけると確信し、掌を彼女の股間へと伸ばした。

「あっ、ダメっ。今そこを触られたら、本当に優亜、イッてしまう！」

慌てて閉じようとする太ももに掌をグイっと挿し込んだ。

ふっくらした恥丘に生える繊毛が手首に擦れるのを感じながら、さらにその下にまで手指を進め、しっとりと湿り気を帯びた媚肉に到達させた。

「濡れている……。さっきよりずっと優亜のおま○こ、ぐしょぐしょになっている」

健康的な肢体が、執拗に乳房への刺激を受け、濡れずにいる方がおかしい。まして既に一度、仁はその膣孔に射精しているのだ。そんな当たり前の反応を殊更に言葉にしたのは、羞恥する美少女の反応が可愛いからだ。

「あぁっ、仁くん、もう降参……っ。これ以上、優亜を辱めないで……。イキそうなの…はしたないおま○こを弄られたら優亜っ……」

泣きださんばかりに潤んだ瞳は、けれど期待するかの如く、妖しい光を含んでいる。

瑞々しい女体は、すっかり発情してしまい、子宮の奥を疼かせているのだろう。しきりに、長い脚を伸ばしては縮ませシーツに擦りつけるのも、密かに媚肉を太ももの付け根に擦らせているからだ。

「優亜は、イキたいの？　それともイキたくないの？　すっごく、もどかしそうにしているよ。素直に僕に教えてよ」

「ああん。仁くんの意地悪ぅ……。恥をかく優亜なんて見られたくないぃっ……。で、でも、もどかしいの……。おま○こがジンジン疼いているの……ああ、もう我慢できない。優亜をイカせて……。仁くんにアクメさせて欲しいっ！」

美貌を真っ赤に紅潮させながらも超絶美少女が、その本音を吐いた。

「うん。判った。それじゃあ、たっぷりおま○こをちんぽで突いてあげるから、ちゃんと優亜はイクんだよ！」

そう言い聞かせた仁は、矢も楯もたまらずに、初期絶頂に兆している美少女の細い足首を掴まえると、力任せにぐいっと持ち上げ、そのまま前方へと大きく倒した。

二つに女体を折られ、お尻だけが持ち上がった美少女は、小さく呻いている。

「挿入《い》れるよ、優亜。イキかけのおま○こで僕のちんぽを受け止めて！」

頭に血が昇り見境の付かなくなった仁は、優亜の返事を待つ余裕もなく、いきり勃った分身を女陰に突き立てると、ずぶずぶずぶっと一気に奥まで埋めてしまった。

「きゃうううううううぅぅぅっ！」

甲高くくぐもった悲鳴の如き呻きが、美少女の口から漏れた。

苦し気でありながらどこか安堵にも似た表情を浮かべている。挿入してすぐに律動させる仁に狼狽の色も浮かんだ。

「あっ、んっ、ダメ、イキそうなおま○こ掻きまわされたら優亜……んんっ！」

性悦に蕩けた媚肉は、美少女の意に反し、艶やかに剛直を搦め捕る。

高々とお尻を掲げた屈曲位に、結合部がくっきりと見えている。

「おおっ！　ちんぽが入口をパッパッに拡げているのが丸見えだ！」

昂りの声をあげながら仁はその手指を伸ばし、美少女の肉のあわい目でそっと息吹く可憐な突起を捉えた。

「えっ？　あっ、ダメッ。仁くんっ、いま、そんなところを触っちゃダメぇ……っ！」

初期絶頂が兆したまま、泣き所を責められてはたまらない。年上の幼馴染はさすがに腰を揺すり、その手を逃れようとしたが、仁はそれを許さない。

「優亜、じっとして。ちゃんとイカせてあげたいんだ……！」

甘く言い聞かせながら器用な指先でルビー色に尖った肉芽をちょんと突くと、包皮から牝芯が顔を覗かせた。

「きゃうっ！　ひあっ、ああああああぁ～～っ！」

性神経の塊の小さな器官は、やさしく嬲《なぶ》ってやるだけで、それに見合わぬほど強烈な肉悦を湧き起こす。半狂乱に女体が躍った。押し寄せる喜悦の大波に全身を揉まれながら、華奢な手が虚空にもがく。糸が絡まった操り人形のように闇雲に何度か空を切ったあと、仁の首筋にひしとしがみついた。

穏やかな両親から玉の如く愛情たっぷりに育てられた優亜。その器量のよさもさることながら知性の方も有名国立大学の法学部に推薦入学できそうなほどの才媛と聞いている。けれど、今は、官能の暴発を抑制する理性など微塵も残していないらしい。

「ダメぇっ。あぁダメなの優亜っ。そ、そんな敏感な部分、いま触られたら……はううう……イッ、イクぅ……あぁっ、優亜、イクぅ～～っ」

涙をこぼし、全身が鴇色に染まるほど息む超絶美少女。媚麗な女体のあちこちを硬直させ、苦しげにイキ極めている。

引きつれるように頭を突っぱり、細っそりと尖った頤を天に晒し、発達した双臀を宙に浮かせたまま媚麗な女体が艶めかしく痙攣するのだ。

「ああ、優亜、本当にイッているのだね……。こんなに全身を息ませて、淫らなアクメ貌……。なのに、優亜、すごくきれいだ……」

ついに優亜を絶頂へと導いた。その美しいイキ貌を拝むことができた。その達成感の一方で、凄まじい渇望が仁の下半身を苛んでいる。

もどかしく疼く掻痒感にも似た発情に、たまらず仁は腰を使いはじめた。

ぶぢゅ、くちゅ、ぢゅりゅるっと、うねくるぬかるみに抜き挿しすると、またしても美少女が妖しく身悶える。

「あん。ダメぇ、イッたばかりのおま○こ、そんなに突かないで……。切ないの、とっても切ないぃ……っ」

苦し気に美貌を歪め静止を求める美少女。けれどその苦悶の表情がかえって仁を煽り、その腰つきを確実に力強いものにさせていく。

「あん、あん、あはぁ……優亜、本当にいやらしいよね。おま○こ、切ないのに、それでも仁くんに嵌められていたいって、わないている……」

ずぶんずぶんと力強く腰を振る仁に合わせるように、婀娜《あだ》っぽい細腰をクナクナと揺らしはじめる。身も心も全て蕩かせた優亜は、紛れもなく仁のおんなだ。

「好きだよ。優亜。嘘じゃない、大好きなんだ！　もう僕は優亜の虜だよ。このまま一生僕のモノでいて！」

寸分もウソのない本心。ピュアな求愛。何もかも忘れ、ただひたすら優亜のことが愛おしくてならない。肉体の結び付きを魂のものへと昇華しようと仁は本能のままにピストンを繰り出していく。

「あはぁ…ず、ずるい……。そんなに優亜を悦ばせていいの？　仁くんは、碧さんのこと諦めちゃうの……？」

「そうだよね。こういう関係になったから好きだなんて。あまりに調子よすぎるよね。でも、好きなんだ。優亜のこと好きで、好きで、ものすごく愛しすぎて……」

言ってる側から愛情が込み上げ、その想いをぶつけるように肉塊を抜き挿しさせる。

「あん、うぅん、んふぅ、あっ、あぁ……。信じるわ。仁くんのこと信じる。それに、調子いいなんて思わない…あはぁ…。人を好きになるのに時間なんて関係ないわ。一目惚れでも、百年愛でも尊さに変わりはないもの……」

愛は時間では測れないとの持論を口にしながら、そのくびれ腰は悦楽にのたうつばかり。仁の抜き挿しに合わせ淫らな腰つきを繰り返している。

「あん、ああ、それに優亜を好きだと言ってくれるの、やっぱりうれしいのっ！」

熱い想いの籠った愚直な腰つき。欲情に燃えたぎる分身で、切なく狂おしい想いを乗せ突きまくるのだから優亜がほだされるのも無理からぬこと。

「本当だよ。これからもずっと優亜を犯しまくるからね……！」

「うれしい！　仁くんが望むなら…あっ、あぁ…優亜はいつでも……ああん……好きなだけ……ひあっ、あぁん……っ！」

「僕もうれしいよ！　ずっと、このおっぱいを揉みながら……いやらしい優亜のま○こを突きまくれるなんて！」

仁は獣欲を剥き出しに、自らの抑制を解いた。容のよい乳房を鷲掴み、指の間からひり出した乳首を唇に捉え甘噛《あまが》みする。

「あうんっ！　んふぅ…お、おっぱいだけじゃないわ。この唇も、太ももも、髪のひと房まで全て仁くんのモノよ。全て仁くんの好きにしていいの……」

二人は未だ自分たちが高校生に過ぎないことを痛いほど承知している。その自覚を持ちながら現実逃避するように、ふしだらな約束を交わすのは、二人ともに性悦に酔っているからに相違ない。

(現実なんてどうでもいい。こんなに綺麗でカワイイ優亜が、こんなに淫らに僕とのSEXに耽っているのだから……)

込み上げる激情に仁は口唇を差し出した。超絶美少女がうっとりと応じてくれる。唇と唇を触れ合わせ、互いに手を背中に回し、男性器と女性器をみっしりと結びつける。これ以上ないというほど二人は一つになった。

「んんっ。ふむん、はふぅ……あふ、あぁ……っ！」

短い息継ぎの後、再び唇を重ねながら仁は唾液を流し込む。自分のおんなだと判らせるように優亜に与え呑ませた。その間も、ズムッズムッと肉茎を抜き挿しさせる。

仁の激情が唾液を通して女体の中を流れ、甘い波を引き起こし、またしても美少女を絶頂へと突き上げる。

「ひぐッ……イッちゃう！」

肉交の衝撃でキスする唇がずれた。途端に桜唇が、これまで以上に凄艶な牝泣きを奏でる。

「もっと啼いて優亜っ！」

「はいっ、優亜、イクわっ、あはあぁぁぁ～～んっ！」

矜持と歓びを満たされ仁は、タガが外れたように猛然と腰を繰り出した。

「あん、あん、あぁぁっ！　またイクっ。もう優亜にはイクの止められない！　はしたなくて、ごめんね。仁くんのおちんちんで、優亜、何度でもイッちゃうぅ～～っ！」

美少女から望まれるばかりでなく、本能の赴くままに仁は股座をぶつけていく。雄々しい抽送《ちゅうそう》を発情の坩堝《るつぼ》と化した女陰にずぶずぶと抜き挿しさせる。

「あぁん、素敵よ……仁くん…もっと深くまできてっ……大丈夫、大丈夫だから…優亜の奥まで突いてぇ……！」

切なげに啼き叫び、自らも蜂腰を振る年上の幼馴染。彼女が動くたび、敏感な粘膜に心地いい刺激が広がり、肉棒が熱くなる。

　ねちゃねちゃの膣孔は、仁の分身をしゃぶるようにあやしては、喰い締めてくる。

　船上で一度だけ味わった極上のフェラチオよりも、数倍、否、数万倍も心地よいしゃぶりつきに酔い痴れ、仁は屈強な腰使いで十七歳の恍惚を掘り起こしていく。

「もうダメだ。もう射精《い》きそう！　ぐわああぁっ、優亜ぁ～～っ！」

　ヌルヌルした蜜襞にしつこく何度も擦過させたお陰で、ついに亀頭が強い痺れを発した。とりわけ強い快感が閃くのは、肉傘の縁を襞肉に、マッチのように擦り合わせる瞬間だ。

　火を噴くような電撃が、カリ首から脳天へと突き抜けた。

「ひうっ！　イクっ！　優亜またイクっ！……あっ、あん、あああぁぁぁ～～っ！」

　射精衝動に囚われ容赦なく膣奥に、ずにゅりと鈴口をめり込ませると、超絶美少女は妖艶な美熟女の如く身も世もなく啼き狂い、牝イキした。

「ぐふぅ、射精《い》くよ！　優亜のま○こに、射精《い》くぅ～っ！」

　牡の支配欲を剥き出しにした仁は、愛しいその名を繰り返し呼びながら胤汁を噴出させた。

　牡獣の子種を孕む本能的な悦びが膣肉を収斂させる。まるで逸物にすがりつくかのように肉襞をひしと絡め、白濁液を搾り取る。

男の情欲を全身で受け止める優亜は、美脚をぴんと突っ張らせ、絶頂を極めたまま仁かとの背中に繊細な爪を立てた。

かと思うと、すらりとした媚脚が仁の腰に絡みつく。より深いところで精液を浴びようと牝本能がそうさせるのだろう。結果、仁は凝結した精嚢をべったりと股座に密着させ、根元まで分身を呑み込ませて果てることができた。

「ぐふううっ。搾られる。優亜のま○こに、ちんぽが搾られる……あぁ、もっと搾って……僕の精子を全て搾り取って！」

種付けの悦びに震えながら仁は、美少女に懇願する。その求めに従うよりも早く、受胎本能に囚われた若牝が肉幹を蠱惑と官能のままになおも締め付けてくる。

何度目の吐精かも判らなくなるほど放出しているのに、濃厚な濁液は粘っこく子宮を溺れさせる。

「あはぁ、おま○こが溢れてしまう……。仁くんの精子で子宮がいっぱい……。あぁっ、熱いのでもイキそう。優亜、精子でイグぅ～～っ！」

あり得ないまでに子胤を注ぎ込まれた媚少女が、身も世もなくふしだらにイキまくる。それでも仁が肉塊を退かせようとしないから、優亜は切なげに息を詰め、その美貌を真っ赤にさせている。

愛蜜と入り混じった牡汁が白い泡と化し、蜜口からぶびりと下品な音をさせて噴きだした。

濃厚過ぎる情交にシーツは乱れ、二人の狭いベッドの中には牡牝の淫らな匂いが充満している。

愛欲に飢えた獣たちが、ふしだらな交尾を再開させるのは、それからすぐのことだった——。

2.

「あら仁くん。どうしたの？　風邪でも引いた？」

白衣を着た女性にいきなりそう声を掛けられ、正直、仁は戸惑った。

何故、名前を知られているのか。

いくら狭い島でも初めて訪れた場所で、顔見知りと出くわすなどと思っていない。

それもスーパーや役所であればいざ知らず。そこは島で唯一の診療所なのだ。

もっとも島にスーパーなどなく、コンビニとは名ばかりの個人商店が一軒あるばかりで、「それもホテルに隣接された売店の方がよほど商品が豊富なくらい……」と優亜が嘆いていたのを覚えている。

必要なものは、みんな海の恵みや小さな畑からの収穫で揃うらしく、足りない時には隣同士などのコミュニティの中で補い合うのだとか。

よくそれで生活が成り立つものだと、仁は感心している。

思えば、未だ還暦を過ぎたばかりとはいえ、やもめ暮らしの爺さんが一人で暮らしていけるのは、島ならではの古くからの助け合いが息づいているからだろう。

この診療所にしても、孤島で医師を続けるには、相当の覚悟がいるはず。こんな島では医者であっても、収入は高くないだろう。その程度のことは高校生の仁でも判る。

「あ、あの僕ではなくて、祖父の薬を頂きに……」

言いながら声を掛けてくれたナースの顔をよくよく見ると、確かに見覚えがある。はてなと首を傾げると、澄ましていた美貌がくしゃくしゃっと笑顔になった。途端に、華やかな雰囲気が振りまかれる。

「なあにい。仁くん、冷たくない？　もう私のことを忘れちゃったの？」

不満そうにちょっと唇を尖らせた美貌に、仁の頭の中に小さな明かりが灯る。

「あっ！　な、菜々緒さん？　えっ、え～～っ！」

ここへ来る船旅で出会った菜々緒のことを仁が忘れるはずがない。けれど、あの時、気が付くとすでに菜々緒の姿はなく、てっきり途中の港で彼女は下船したものと思い込んでいたのだ。しかも、こんな風に再会するなど、全く予想していなかった分、目の前の看護師が菜々緒であると気づけなかった。

そんな先入観に惑わされたのは、彼女が眼鏡をかけている上に、ナース服に身を包み、さらには胸元まであったそのロングヘアを後頭部にまとめていたため船上で垣間見た彼女とあまりに雰囲気が違っていたからだ。

仕事柄メイクまでが薄化粧になっているから、ほとんど別人と言っていい。

特に、そのメイクの違いに、清潔感と清楚さが強調されていて、あの時感じていたクールビューティのイメージは薄れ、むしろ、温かくとっつきやすい印象に変わっている。

けれど、よくよく見ると印象的な大きな瞳もきれいに整った鼻も、可憐にも瑞々しい花びらのような唇も、全てがあの時のままであり、彼女が魅力的な極上美人であることに変わりはない。

(確かに、あの時、クールに見えたけど、話をしてみると菜々緒さんは、見かけよりもずっと話しやすい人と感じていたっけ……)

思えば、菜々緒が仁に淫らな悪戯をしてくれた時、ペニスとか、カウパー液とかと口にしていたのは、看護師という職業柄であったのだ。

「まさか、菜々緒さんが、ここの看護師さんだなんて……」

目を丸くする仁に、菜々緒が小首を斜めに傾げ、やわらかく微笑む。親しみやすい微笑は、まさしく白衣の天使そのもので自然と仁の目尻が下がった。

「そう。大さんのお遣いで、君が……。ふーん。偉いわね」

そのちっとも偉いと褒めているように聞こえない口ぶりには、仁も思う所があった。

「運動がてら爺ちゃん、自分で行った方がいいよ」

お遣いを頼まれた時に、仁もそう勧めたのだ。

頭の片隅に、早く優亜のところに行きたい思いがあったのは事実だが、祖父のためにはそれがいいと本気で思ったから口にした。

けれど、病院嫌いの祖父だから、いやと言ったらテコでも動かない。そもそもクスリをきちんと飲んでいること自体が、奇跡に近いらしいのだ。

頑固爺を甘やかすつもりはないが、せっかく習慣づけされているクスリを切らすのもどうかと思い、結局仁が来ることになった。

「いや。あの……。爺ちゃんにクスリをやめる口実を作りたくないもので……」

慌てて仁が言い訳すると、途端に菜々緒が破顔した。

「うふふ。本当にね。大さんにクスリを続けさせるのに、ずいぶん苦労してるから」

その菜々緒の言葉になるほどと思った。

「ああ、道理で！」

仁が口にすると、またしても菜々緒が首を傾げる。

「道理でって、何が？」

「うん。いや、どうしてあの頑固な爺ちゃんが、きちんとクスリを続けているのかと思ったら、菜々緒さんに説得されたのですね。うちの爺ちゃん、美人に弱いから……」

「はい、はい。確かに……。とってもファンキーなお爺ちゃんで、たまに私なんかお尻を触られちゃうもの……」

何でもないことのように祖父のセクハラをクスクス笑う菜々緒に、仁は慌てて頭を下げた。

「えーっ。菜々緒さんに、そんなセクハラを？　あのエロ爺……。どうもすみません」

頭をぺこぺこと下げると自然、視線も下がり、ムチムチの太ももが目に飛び込んだ。

菜々緒は、セクシー極まりないミニ丈のナース服に身を包んでいるのだ。これなら祖父ならずとも、その太ももやお尻に触りたくなるのも不思議はない。

「謝らなくていいのよ。私だってこんな格好をしているのだし……。うふふ。島のお年寄りが少しでも元気になってくれるならって、私の前任者が。いまは先生の奥様だけど……私もその意見に賛同して、こういう格好をしているの……」

「に、似合います。とっても……」

「うふふ。ありがとう。三十路の私でも、少しは目の保養になるでしょう？　殿方にも刺激的だし、ご婦人にだってほら、健康的ならOKかなって……」

少しはにかみながらも菜々緒が頬を紅潮させている。とても三十路になど見えないその表情がなんとも色っぽく、仁の心臓をきゅんと鷲掴みにした。

「きっと、大さんが仁くんをお遣いによこしたのは、きっと仁くんにも私のことを見せたかったのね。大さんの考えそうなことだわ……。仁くんのやさしさは、大さん譲りかな……」

美人のミニスカナースから、やさしいと褒められるだけで、なんだか足元がふわふわしてくる感じで、こそばゆくもうれしい。

「菜々緒さ〜ん！」

そこで診察室の方から先生らしき男の人の声が、菜々緒を呼んだ。

「はーい。いっけない。こんなに立ち話をしちゃった……。今日も暑いから患者さんは少なくて……。じゃあ、今クスリ用意するからそこに掛けて待っていてね」

そう言い残し、くるりと背を向け急ぎ足で診察室の方へと向かう菜々緒。天使の見えない手に持ちあげられているようなふっくらほこほこの臀朶が、ミニ丈のナース服を左右にボンと張り出させている。

挑発的に揺れる媚尻が奥に消えていくのを仁はうっとり見送った。

3.

「あら仁くん。優亜なら今朝の船で、本土に戻ったのよ。聞いていなかった？　もう、あの子ったら、ごめんね」

祖父のもとにクスリを届け、すぐに優亜の家に向かった仁は、寝耳に水の話を彼女の母に聞かされた。

今朝、島を発つことは、元からの予定だったという。

もともと優亜は、島に滞在するのは昨日までと決めていたらしく、高校のある街に帰ってしまったのだ。

だったらなぜ昨日の夜、優亜はそれを教えてくれなかったのか。

（どうしてだよ。僕のことが嫌になったのかなぁ……）

これからも、ずっと愛を確かめ合うことを約束したというのに。

寂しさと、やるせない想いが仁の胸を一気に塞いだ。
仕方なく、祖父の家に引き返し、肩を落としてトボトボ歩く。
腹立たしいくらいに眩い青さの空が目に沁みて、つーっと涙が零れ落ちた。
と、そこにスマホがぶるぶるっと短く震え、メールが届いたことを知らせた。
(なんだ。ここでもメール届くじゃん……)
画面に指を走らせスワイプすると、優亜からのメールだった。

——何も言わず島を出てごめんね。
昨日の夜だけは、どうしても仁くんにお別れを言いたくなかったから……。
優亜のこと好きって言ってもらえたから余計に言い出せなくて。
でもこれで、優亜のこと忘れられなくなったでしょう?
初体験の相手としても、恋しい相手としても……。
進学は、仁くんのいる街にある大学に志望校を変更しようかなあ。
そうしたらまた逢えるでしょう?
その時は、またいっぱいさせてあげるね。それまでお預け……。
本当に、ごめん。

お詫びと言っては何だけど、碧さんとのこと、応援しているね。

ちゃんと好きだって言わなきゃだめだよ。

優亜は、仁くんのこと、大好きだよ!! ——


美少女からのメールを三度読み直してからラインを立ち上げ、彼女にメッセージを送ってみる。

けれど、しばらく待っても既読のサインすらつかない。

沖を航行する船上からメールが届いたこと自体、奇跡に近いのかもしれない。

諦めて仁は、今一度、優亜からのメールを読み直してみる。

「好きだよ。優亜のこと大好きだ……。だから、こんな形で終わりになんてしないからね!」

言いながら目から零れ落ちる滴を腕でぐいっと拭った。

やはり、優亜は、仁よりも大人だった。

激情に囚われることなく、大きな痛手を負う前にひとり現実へと戻ったのだ。

もしかすると仁の将来まで慮り、優亜は身を引いたのかもしれない。

愛していることを理由に、現実から逃避しようとしていた仁とは大きな違いだ。

「甘ったれのままでは、誰もしあわせにできないんだ……」

その自覚を持てただけ少しは成長できたのかもしれない。

けれど、まだ心のどこかでは、もう少し性悦に酔っていたかったと思わぬでもない。

結局、優亜とは友達以上恋人未満であったのだろうか。優亜も同じ気持ちだから、碧とのことを応援するなどと言ってくれるのだろうか。

否。やはり仁は優亜に恋をして、失恋したのだ。

ちりりと疼くこの胸の痛みが何よりの証拠。だから、こんなに落ち込むのだ。

あれほど天然色に輝いて見えた島の風景が、どんよりと色あせていた。

4.

「お腹すいているでしょう？　もう少しだけ待っていてね……」

奥のキッチンからいい匂いと共に、シルキーな声質が唄うように聞こえてくる。

若妻の作る食事をそわそわと待つ夫のような気分だ。甘くくすぐったい想いに、塞いでいた気分がウソのように浮き立っている。

「夕飯を食べに来ない？」

碧から突然の誘いを受け、尻の落ち着かない気分がはじまった。

「優亜のことであんなに落ち込んでいたのに……」

自らの現金すぎる立ち直りようには、我ながら呆れるほどだ。

けれど、誓って優亜のことをいい加減に思っていたわけではない。確かに流されたようなところは否めないものの、仁なりにど真剣に優亜のことを想っていた。

愛を時間では測れないと教えてくれたのは優亜だった。

その教えの通り、仁は本気で優亜を愛したつもりだ。それが儚くも破れたのだから痛みがない方がおかしい。

未だに、どくどくとハートから血が流れているような心持ちだ。

それでも碧のお陰で、こうしていると痛みも忘れられる。

バカにつけるクスリはないらしいし、恋の病は草津の湯でも治らないそうだ。

仁の場合、バカであり失恋までしているのだから致命傷と言える。けれど、それを癒す唯一の特効薬は、恋なのかもしれない。

碧のことで思い悩んでいたのを慰めてくれたのは優亜だった。今度は、優亜のことで落ち込んでいるのを図らずも碧が癒してくれそうなのだ。

（やはり、僕は調子がいい。こんな都合のいいことばかりしていると、いつか天罰が当たりそうだ……）

優亜とのことだって考えようによっては、天罰のようなものであったのかもしれない。一途に碧のことだけを想っていれば、こんな痛みを味わわずに済んだ。

けれど、後悔はしていない。苦しくて、悲しい想いはしているけれど、それ以上のものを優亜は与えてくれたのだ。

(だから、これ以上嘆くのはやめよう。寂しくても、悲しむのは終わりにしよう……)

ボーっとそんなことを考えている間にも、碧がキッチンと食卓テーブルを行き来して美味しそうな料理を次々と運んでくれる。

新鮮な刺身や魚の煮つけなど、島では当たり前の料理も、仁にとっては珍しいモノばかり。

「仁くんくらいの男の子は、やっぱりお肉でしょう？　ごめんね。角煮くらいしかできなくて……」

砂糖と醤油の甘辛い匂いにショウガの香りが入り混じった得も言われぬうまそうな匂い。見た目にも豚肉がトロトロプルプルになっていて、煮込むのにどれだけ時間がかかったことかと思わせる。

湯気が立つほど熱々なのは、仁のために手間暇をかけてくれた証なのだ。

「うふふ。久しぶりに腕を振るっているからうまくできているかどうか……。一人分だと、作り甲斐もないじゃない」

愉し気に碧が立ち回る姿を仁は何気にずっと目で追っている。

優亜のことばかりを考えていた自分が、いつの間にか、ぼーっと碧のことを見つめているのだ。

それはやはり、いいことだろう。やはり碧の存在に癒されているのだ。

けれど、当の碧はどう思っているのか。

時折、彼女と目が合っているから仁の視線には気が付いているはず。それでも碧はごく自然に仁と接してくれている。会話がぶつりと途切れても、それさえもごく普通のこととして放っておいてくれた。

お陰で、仁としては酷く居心地がいいのだが、ふと碧の方はどうなのだろうと気になった。

もちろん、だからと言って仁には、うまく話の接ぎ穂を探すこともできず、結局、ただじっと碧の立ち働く美しい姿を見つめ続けるだけなのだが。

（ああ、また目が合った！　やさしく微笑み返してくれるんだぁ……。女神さまが微笑んでいるみたい。癒されるなぁ……）

肉料理は角煮くらいと言っていた碧が、お皿にてんこ盛りの唐揚げをテーブルに運んでくる。途端に、香ばしくもたまらない匂いが仁の鼻先をくすぐるのだ。

「さあ、食べよう。食べよう。お腹すいたでしょう？」

言いながら碧が、仁と直角の席に着く。そこが彼女の定位置らしい。

座ったまま碧は、左脇のおひつから茶碗にご飯をよそい「はい」と仁に手渡してくれる。

長く繊細な指に仁の手指が重なり、それだけでドキドキした。

自分の分も茶碗に白米をよそうと、それを一度テーブルに置き、双の白い掌を胸元で合わせた。

「では、いただきます」

美しい所作でお辞儀しながら挨拶をする。

慌てて仁もそれに倣い「いただきます」と挨拶した。

「はい。召し上がれ」

碧のシルキーな声質が、心地よく耳に溶け込む。その声を聴いた途端、魔法にかけられたようにお腹がグーッとなった。

「まあ。ごめんなさい。手際が悪くて。お待たせしたわね。さあ、食べて、食べて。お口に合いますでしょうか？」

慌てるように勧めてくれる碧に、仁は照れ笑いを浮かべながら箸をとり、迷わず唐揚げを一つ頬張った。

「ふーん。やっぱり唐揚げからかぁ」

自分は味噌汁で口を湿しながら、予想通りと頷いている。

「うわっ！　美味っ‼　超やばい……」

香ばしい匂いが口いっぱいに広がったかと思うと、パリパリの皮が口腔に弾ける。刹那に肉汁がどぴゅっと舌の上に弾け、しょうゆベースの下味とニンニクとショウガの風味が混然一体となって肉の甘みを引き立てる。

さらには、刻みネギを多量に載せた甘酸っぱ辛いタレの美味が、後からドッと追い上げてきて、二度も三度も旨味が襲い掛かってくるのだ。

そのうまさと言ったら半端ではない。仁が食した唐揚げ史上、ダントツの一位に躍り出たほど。

「なにこれ？　香ばしくて、しょっぱくて、甘くて……。うん、ちょっと酸味もあるかも……。とにかく超美味っ！　こんな唐揚げ食べたことないよ」

もちろん碧がこれほどの料理上手などと知る由もなかった。

これほどの器量よしで、なおかつ胃袋まで捕まえられたら、どんな男も碧の虜になってしまうこと間違いない。

次に、角煮を試してみようと決めた仁は、口の中をリセットするため味噌汁を口腔に含んだ。

「んっ！」

ふわりと薫る磯の香。鰹と昆布でしっかりと出汁を取っている上に、魚のあらが入っているから出汁ダシで口の中が海になったよう。

普段、味噌汁など美味いと思ったことのない仁が、自分はやはり日本人なのだと思い知らされるほど、その旨味に陶然となってしまった。

「碧さんって、どこかのお店で修行をしたの？　やばくない？　お店を出したら、すぐに行列ができると思うよ……。美味すぎっ！」

美辞麗句。絶賛賞辞の雨あられ。けれど、少しもそれが大げさではない。ジャンクフードばかり食べてきた高校生のバカ舌が、瘡蓋がポロリと外れたかと思うほど味蕾《みらい》が敏感に口福を感じている。

「修行なんてそんな……。料理を教わったのは、おばあからだから家庭料理でしかないのよ……」

碧の言葉に、思わず仁はハッとした。

明るく華やかな雰囲気をいつも絶やさない彼女だから、つい忘れがちになるが、碧は若くして両親を海の事故で亡くしたそうだ。残された碧を育ててくれた祖母も彼女が二十歳のころに亡くなったと聞いた。

どうやら碧の料理の腕前は、彼女が結婚しても困らぬようにと、その祖母がしっかり仕込んだものらしい。

（ああ、でも、その腕を振るう相手のご主人も三年前に海の事故で……）

優亜から聞いた碧の悲しい境遇にも、けれど仁には彼女を慰める手立てなどない。

「僕が碧さんの側にいるから……。寂しい想いなんて絶対にさせないから……！」

思わず口からその言葉が出かかったが、いまの仁では、その権利などない気がした。

優亜がいたら、「ちゃんと言葉にしなさい」と背中を押してくれるはず。けれど、仁がそんな言葉を口にしたところで、碧を困惑させるだけと思える。

（ああ、畜生！　なんで僕はまだ高校生なんだ……！）

せめて大人にでもなっていれば、島で仕事を探してでも碧の側から離れないのに。そう思う反面、どこまでいっても仁は未だ十六歳の結婚すら認められない子供なのだ。

権利云々ばかりの問題ではない。碧にアタックしたいのはやまやまだが、ようやく童貞を卒業したばかりの自分では九つも年上の女性が相手にするはずがない。

（当たって砕けようにも、眼中にすらないことは目に見えているし……）

　恋愛対象にも入らない弟のような存在だからこそ、こうして気安く食事に呼んでくれるのだとも思う。さもなければ、未亡人の碧が、高校生とはいえ無防備に男を家に上げるはずがない。

「ねえ仁くん、もっと食べて……。このお刺身は、私が海で取ってきたばかりだから新鮮よ」

　時折、心ここにあらずで自分の世界に入り込む癖が仁にはある。

（うわっ、またやっちゃった。どれくらい僕は黙っていた……？）

　何度か、それで他人の不興を買っているだけに慌てた。けれど、視覚と脳がうまく接続しないまま動こうとしたせいか、碧がこちらに手を伸ばしていると気づかぬまま身じろぎする結果となった。

　仁の前の小皿に、醤油を注ごうとしてくれていたのだ。

　絶妙というか最悪のタイミングで、こともあろうに腕を持ち上げた仁。その二の腕が、碧の乳房にぶつかった。

「うわぁっ！」

　過剰反応気味に声をあげるのも無理はない。

ちょうど仁の二の腕に、碧の下乳が載り上げるように、触れてしまったのだ。

薄っすらと熟れを乗せはじめている女体ながら華奢なまでにスレンダーな碧。それでいてボン、キュッ、ボンとメリハリの利いた体型を維持している。海女として毎日泳ぐ生活が、彼女のカラダを引き締めるのだろう。

それでいて、その胸のふくらみは仁が知る女性たちの誰よりも大きい。それは、先日のラッシュガードを羽織るばかりのビキニ姿でも窺い知れたことだが、不可抗力にもこうして腕に載せてみると、さらにその大きさが実感できた。

マッシブな重さやそれでいてふんわりとマシュマロのような物体がしなだれる感触は、感動的なまでに実り熟れていると伝えてくれた。

「ご、ごめんなさい。わざとじゃなくて、事故みたいなもので……。碧さんの胸、ずっと気になってはいたけれど、そんな痴漢みたいなことは……」

頭の中が真っ白というか純ピンクというかに染まり、自分でも何を口走っているのか判らなくなっている。

「本当に、ごめんなさい。碧さんの胸を触るなんて、僕ぅ……んっ？」

焦りまくりながらも、とにかく謝らなくてはと、理性と口が連動しないままに言葉を発している。

その仁の口を、碧のやわらかい朱唇がふいに塞いだ。

チュっと微かに触れるばかりの口づけは、儚いくらいの瞬刻。ふっくらとやわらかい感触は、わずかに残されているものの、あるいは仁の妄想が見せた甘い幻視であったかと思われるほど刹那のキスだった。

しかも碧は、まるで何事もなかったように「さあ、食べちゃいましょう。ほら唐揚げも全部食べてよ……」と素知らぬ顔でいる。

心なしか頬が紅潮しているように見えなくもないが、美しい所作で口に刺身を運び、咥え込むのがやけに扇情的に映った。

5.

「あら、仁くんじゃない？」

碧の不意打ちのような口づけのお陰で、その後は何を食べ、どう会話をしたのかも思い出せないほどボーっと過ごした仁。碧の家を出た自覚すらないまま、心ここにあらずで道を歩いていた。否。歩いていたつもりであったらしい。

実際、声を掛けられたのは碧の家からすぐの道端なのだ。

「えっ？　あっ、あれっ、菜々緒さん？」

仁に声を掛けてくれた相手が看護師の神部《かんべ》菜々緒と知り、なぜか急に体から力が抜けた。

「ちょ、ちょっと、仁くん。大丈夫？」

ふらついた仁に、菜々緒が早足で歩み寄り、その腕を掴んで支えてくれた。

「あ、いや。大丈夫です。ちょっと、その……。なんて言うか、のぼせたみたいな？」

頭の中を占めるのは、ひたすらあの口づけは何だったのだろうとの思いばかり。それが高じて、知恵熱でも発しているようなのだ。

「ふーん。仁くん、碧と何かあった？」

聞けば、菜々緒はすぐこの近くに住んでいる上に、碧の高校の先輩でもあるらしい。年齢的に、同じ時期に学校に通った訳ではないが、先輩ＯＢとして、また同じ島の人間として、碧と菜々緒は親しい関係にあるらしい。

仕事からの帰りらしく、昼間のナース姿とは打って変わり、大きく背中の開いたオフショルダーの純白のカットソーに、長すぎず短すぎずといった丈の黒いスカートを穿いている。銀縁の眼鏡も外されていた。

とてもセクシーに華やかな色香を振りまきながらも、清楚さやフェミニンさも感じさせて菜々緒らしい。

「碧が、昔、仁くんのことを可愛がっていたことは聞いているよ。ああ、ちなみに優亜ちゃんのことも知っているから……」

優亜が碧のことを慕っていたことは、彼女から聞いていたが、菜々緒とも親しかったとは知らなかった。

思えば、島の若い女性は人数も限られている。島で育つ同じ境遇が、親密な絆と連帯を結ぶらしい。

だからこそ、仁の様子を見ただけで、碧と何かあったと菜々緒は怪しんだのだ。

「ちょっと、そこまでつきあわない……？　少し風に当たった方がいいと思うし……」

海岸線を望む道路を横切ると、壁のような防潮堤に丁度切れ間がある。そこを降りると、すぐそこには砂浜が広がっていた。

菜々緒は、仁を支えながら海辺まで歩き、ゆっくりとその場に座らせてくれた。

隣に菜々緒も腰を降ろし、気持ちよさそうに髪をかき上げて海風を浴びている。

真っ暗な砂浜に穏やかな波が打ち寄せる。見えているのは、頽れた白い波頭だけだったが、ザザザっと波音が仁の心の漣をゆったりと打ち消してくれる。

海の上には無数の漁火が灯り、空にはそれ以上の数の星がキラキラと輝いている。

ここに向かう船上で見た星をふと仁は思い出した。

あの時も、仁の隣にはこの人がいた。

ふんわりと風にたなびく菜々緒の髪からの甘い香り。看護師らしい消毒液の匂いも微かに嗅いだ気がした。その匂いだけで、ぴくりと仁の下腹部が反応してしまうのも、あの甘い記憶が連想されるからだ。

「優亜ちゃんとのこと、ちょっと辛い想いをしたね。それも碧ときちんと向かい合えない理由になっている？　それとも碧が大人の女性だから自分は相手にされないなんて考えているのかなあ？」

菜々緒が仁の心情を言い当てるのに驚いた。同時に込み上げる得も言われぬ安堵感。判ってくれる相手がいるだけで、心強いものなのだとはじめて知った。

「そんなに難しく考えることないんじゃない？　好きなら好きでいいのよ。優亜ちゃんのことも碧のこともどうしようもなく好きなのでしょう？」

次々と正鵠を射る菜々緒に、隠し事はできないことを悟った。こくりと頭を縦に振る以外、仁に選択肢はない。

「そう。それでいいのよ。人を好きになることに理由なんてないのだし、そのことにいいも悪いもないのよ、きっと……」

仁の背中をやさしく菜々緒の手が擦ってくれた。それだけで仁の心に沈殿した澱のようなものが自然と口を突いた。

「優亜のこと大好きでした。もうどうにかなっちゃうくらい好きだったのに……。でも僕は子供で……。優亜の方から身を引くような真似をさせてしまって……」

「だってしょうがないじゃない。まだ二人とも高校生なのだもの。優亜ちゃんも怖くなってしまったのだと思うよ。仁くんが真剣に愛しちゃうから……」

姉のように慕う菜々緒に、恐らく優亜は何でも相談していたのだろう。全て事情を察した上で、仁のことを慰めてくれている。

「碧のことを仁くんが想っていると、優亜ちゃんは判っていたから……。その上で優亜ちゃんは、仁くんとの関係を望んだのだし……」

「辛いけど優亜の気持ちは、何となく僕にも判ったから……。これ以上悲しむのはやめようと、嘆くのも終わりにしようと思ったけれど、やっぱり優亜が恋しくて……。その一方で碧さんを想うのは、すごく都合がよすぎる気がして……」

未熟な仁だから青臭い正義感にも似た想いを消化しきれずにいる。身勝手な自分を赦せないのだ。

「うん。人の気持ちって不条理だよね。でも、想いは止められないのよ。だったら、想いに従って突っ走るしかないじゃん。優亜ちゃんもそう望んでいたでしょう?」

「でも、やっぱり僕は高校生で、碧さんは大人の女性で……。僕なんて碧さんの眼中にないはずなのに……」

「んっ、はずなのに？　キスでもしちゃった……？」

勘が鋭いにもほどがある。またしても言い当てられて、仁はますます菜々緒に隠し事ができなくなった。

「不意打ちのようにチュッと……。でも、その後はまるで何もなかったように……」

「ええっ！　仁くんからじゃなく、碧からなの？　逆だと思っていた……。そう。うふふ。だったら悩むことないじゃない。仁くんは碧を押し倒せばいいのよ！」

過激なことを言い出す菜々緒に、仁は目をぱちくりとさせた。

「だってそうでしょう？　碧は仁くんを受け入れるって意思表示したのよ」

「で、でも、僕なんて九つも碧さんより年下で、弟みたいに可愛がられてばかりで……。男として見てもらえているとはとても……」

これればかりは、いくら鋭い菜々緒の言葉でも俄かには信じられない。ならばどうして碧は、口づけの後、何事もなかったように知らぬ顔をしてしまったのか。

「そこはおんな心というか……。貞淑な碧らしいというか……。それは普通、おんなが九つも年上だと遠慮しちゃうものよ……。うーん。そこのところはまだ仁くんには難しいかぁ……」

我が事のように、もどかしそうに身を捩る菜々緒。それでも仁は、未だ半信半疑だ。

「だって、九つも年下の男に本気になれます？」

「あら、それは人それぞれだと思うけど……。そんなに信じられない？　じゃあ、私は？　仁くんより一回り以上年上よ……」

言いながら菜々緒の美貌が、急速に仁の口元に近づいた。

甘い紅唇が、仁の口を塞いだ。それも碧の時よりもずっと濃厚に、そのふんわりとやわらかな風合い、ぽちゃぽちゃっとした触れ心地、しっとりとした湿り気、おんなの唇の魅力の全てを惜しげもなくたっぷりと味わわせてくれるのだ。

「んふぅ……ほうっ……んんっ……。どうかなあ…私のようなお姉さんが仁くんを相手にするのはおかしいと思う？」

しっとりした長い手指が仁の両頬を包み込み、指先にやさしく擦られている。気色のいい電流がざわわと背筋を走った。

「ぶふううぅっ……お、おかしくは……ぬふんっ！」

菜々緒の紅唇は上唇が薄いわりに、下唇がぽちゃぽちゃとしている。その唇があえかに開き、ピンクの舌が伸びてきて、仁も唇を開けるようノックしてくる。

「ほふぅぅっ……むふぉんっ……ふむふぅ」

いつしか仁からも鼻息荒く菜々緒の唇をがっついている。それを制するように菜々緒が、少し距離をあけては、紅唇を重ね、また離れては触れ合う甘いキスを繰り返す。

「ほむんっ……んむんっ……。ねえ、もっとキスしたい？　いいわよっ。もっと味わわせてあげる」

互いの唇がべったりと重なり合う。もぐもぐと唇を擦り合わせ、菜々緒はそのやわらかさを堪能させてくれた。

「ふああっ……菜々緒さん……うぶぶっ……ほむううっ」

脇に座っていた女体が、投げ出した仁の太ももの上に乗り、しなだれかかるように体重を預けてくる。優亜よりワンサイズは上のスライム乳が、甘く胸板をくすぐっていく。

「むふぅ……ぢゅちゅっ……んんっ……ぷちゅっ……ほふん……ぢゅるるっ……」

濃厚なキス。熱い熱いキス。長く、切なく、甘く、ひたすら興奮を誘うキス。

「ちゅるっ……ぐふうっ……菜々緒さん……ぷちゅるるっ……んふっ、んんっ……ぶちゅっ……ぢゅるぢゅるる……ごふっ、ぐぅぅっ」

唇を吸われ、舐められ、歯の裏や顎の裏、喉奥まで菜々緒の舌がくすぐっていく。

何分キスをしているのか、息苦しくも甘く、狂おしくも快美。脳髄までが熱と粘膜に溶かされていくのを感じた。

「んーっ……ぢゅうぅ……はむん……ちゅちゅっ……レロレロン……ふぅ、はふん」

菜々緒の舌の先からどろりとした粘性の高い涎がたっぷりと流し込まれる。べろべろと互いの舌先をもつれさせ、舌腹を絡めあい、舌の付け根をしゃぶりあう。

「はっ、はっ……んふぅ……んんっ……ちゅっ……んふぅ……ぶちゅるるっ」

口中が涎だらけとなり、唇がふやけ、舌がつりそうになるほど。二人とも頬を紅潮させ荒い息を繰り返すほどの口づけだった。

(ど、どれだけキスしてる……？　菜々緒さんの甘い涎もいっぱい呑まされて……あぁ、だけどこんな風にしていると、何もかもどうでもいいってなるんだぁ……)

あれほど想い悩んでいたことが、あれほど落ち込んでいた出来事が、あれほどがんじ絡めにされていた拘泥が、全てバカバカしいものに思えている。息苦しくはあったが、それに勝る多幸感に襲われていた。

「うぁふぅ。な、菜々緒さん……。キスってこんなに……キスだけでこんなに……」

「ぷはっ……はぁ、はぁ……そうよ。こんなに熱くて、こんなに素敵で、こんなにしあわせな気持ちにキスだけでなれるの……はふぅ、はぁ、はぁ……」

紅潮させた美貌をやわらかくほころばせ、それこそしあわせそうに菜々緒が言った。

6.

「菜々緒さん。最高です。あぁ、しあわせだけど……。僕、たまらなくなりました」

「そうね。ちょっと、やりすぎたかしら……。私も後戻りできなくなったわ。仁くんのおちんちん、ここに欲しくなっちゃった……」

悪戯っぽく微笑みながら菜々緒の手が仁の手の甲を捕まえ、自らの股間へと運んでくれた。

「カワイイ後輩である碧のために、私がひと肌脱いじゃう。仁くんが碧をしあわせにできる男になるよう磨いてあげる。うふふ。それが、私が仁くんに抱かれる大義名分よ……」

菜々緒がここまで大胆に振舞えるのも、一つには高い防潮堤が居住区からの人目を遮る役割を果たしていることもあるのだろう。

「ねえ。判るでしょう？　私のあそこがもうすっかり濡れていると……。我慢できないくらいぐしょぐしょなの……」

生足と思われていた肌が、ショーツの上にさらにもう一枚、スキンのような薄いストッキングの生地に覆われている。それでも薄布がたっぷり湿り気を吸っていると指先に感知できた。

「い、いいのですか？　僕の相手をしてくれるのですね？」

勇む仁に、菜々緒の紅唇がぶちゅっと被せられる。

「ふぅぅ……。仁くんに〝本気〟で……。優亜ちゃんが教えられないことを私が教えてあげようかと……。どうかなぁ。教えて欲しい？」

菜々緒に導かれた中指と掌底で、ゆっくりと肉土手を揉んでみる。

「教えてください。菜々緒さんはどこが感じるのですか？　大人のおんなの人の愛し方、僕に教えてっ！」

興奮と勢いに任せ手指を薄布の船底で蠢かせると、早くも女体がビクンと揺れた。

「んふぅ……んっ、んんっ……高校生にしては上手だけど……。まだまだね。相手がどんなおんなでも、びちょびちょに濡れさせて言い訳できないくらいにさせちゃうの……うふふ。まあ、いまの私には手遅れだけど……」

昼間の菜々緒からは想像もつかない色っぽい笑顔。羞恥と自嘲の色が、蠱惑の中に入り混じっている。

「もう逃げられないぞって教え込むように……あん、ただし、やさしく……絶対に焦っちゃダメよ……んふぅ……」

もぞもぞと手指を蠢かしながら菜々緒の言葉にしっかりと耳を傾ける。やさしく、焦らずと教えられ、仁はおんなを堕とすには忍耐が肝心と何かで読んだのを思い出していた。

パンティの下に隠された女陰の位置を想像し、今度はやさしく手指を蠢かせる。

「あんっ！　ほ、ホントは、そんなふうにいきなりあそこに……ヴァギナになんか触れちゃダメなのよ……できるだけカラダの中心から遠いところを……んふぅ、でも、今は特別……。すっかり濃厚キスで準備が出来上がっているから……」

べったりと股間を覆わせた掌に、ビクンとカラダを震わせる菜々緒。それでも彼女はゆっくりと瞼を閉じて、股間をくつろげたまま仁にしなだれかかっている。

本能の赴くまま仁は、掌全体をずずずっと股間に擦らせた。あてがったまま上方へと撫でさする要領だ。

「ううん……」

小さな鼻腔から漏れる艶やかな喘ぎで、反応を観察しながら触っていけば、気持ちよくなってもらえると気づいた仁は、じっと美貌を見つめながら手指を動かしていく。

下腹部の土手部分で五指を蠢かせ、掌底部分で船底を躊躇いがちに圧迫した。

「んふっ……ふむんっ……んふぅっ、んんっ……」

圧迫を強めると、徐々に紅唇がほつれ、悩ましい響きが明確に輪郭を成していく。

ぎこちない手淫にも菜々緒は反応を示してくれる。もちろん優亜の時にも女陰の愛撫は経験がある。けれど、美熟女の方が手応えは著しい。

恐らくは、仁に判りやすく伝えてくれるつもりなのだろう。それが、うれしくて、さらに手指を大胆にさせていく。

指の感覚に集中し、薄布の起伏から女陰の形状を思い浮かべ、ゆっくりと刺激した。

(この縦筋が、菜々緒さんのおま◯この入口。両側の盛り上がった部分が、花びらなんだ……)

想像を逞しくしてパンティの下のメコ筋を脳裏に描き、中指をぎゅっと食い込ませた。

むにゅんと割れ目に食い込む感触は、薄布越しであっても肉土手の反発を伝えてくれる。そのふっくらしたやわらかさといい、ほっこりとしたぬくもりといい、仁を興奮させるには十分すぎるものだった。

「はうんっ！　あはぁっ、そ、そこっ！　私の敏感な場所に食い込んでるわ……」

指の圧迫に、パンティの船底がW字を描いている。狙い通りに、淫裂に食い込んだことを悟ると、仁は縦割れに沿って尺取虫のように指を曲げ伸ばしさせた。

「おんなをもっとその気にさせたいのなら……あうっ……相手をもっと褒めるのよ……きれいとか……すべすべしてるとか……あっ…んふぅ……」

集中しようと黙していたのが裏目に出た。慌てて言葉を探すものの褒め言葉などいきなりは出てこない。

「す、すみません。菜々緒さんのエロ美しさに、つい見とれて……。褒めろと言われても、眩しすぎて言葉が出ません。すごく素敵だなって、こと以外は……」

相変わらずおべっかを使えない仁だけに、思ったままをそのまま口にしている。けれど、それが菜々緒には、うれしかったらしい。

「ああん……仁くん、それでいいのよ。褒め言葉なんてなんでもいいの……人を褒めるときはいまの仁くんみたいに感情を込めて言う、それ絶対大事……くふぅっ」

切なげに菜々緒が褒めてくれる。それも濡れた瞳を細め、ちょっと眩しそうな目で。

(そうか、これが人を褒めるコツなんだ。菜々緒さんのように眼を細めると、心から褒められてるって気になるものなぁ……)

褒めるポイントなど、人それぞれだからどこでもいいのだ。本気でそう思っていて、それがきちんと伝われば喜んでもらえる。要するに、褒めるとは人のいいところ探しができるかどうかなのだ。

「セクシーな菜々緒さんを見ていると堪りません……。こんなに美しくって清楚なのにすごくエロい！」

なんとなくコツが掴めた仁。後はどう自分のシャイと折り合いをつけるかだ。

「もうエロいって、褒め言葉なのかなぁ……。あっ、あはぁ……。でも、仁くんの言葉がうれしいって、私のヴァギナは悦んじゃっているみたい……はうぅっ！」

囁くような声は、少し掠れている。熟女と呼ばれる年齢に差し掛かろうと、やはり菜々緒はおんなであり、恥ずかしさも緊張もあるのだろう。観察しながら愛撫することに慣れてきた仁だからこそ、それと察することができた。

「ね、ねえ。仁くん。もしよかったら、私のヴァギナ舐めてみる？」

大胆な提案を菜々緒がしてくれるのは、彼女自身が望んでのことばかりではなく、仁に舌技を教えてくれるつもりらしい。けれど、あまりに淫靡な教えっ振りに、少なからず驚いた。

「な、舐めるって、菜々緒さんのおま○こを直接舐めさせてくれるってことですか？クンニさせてくれるのですよね？」

勢い込む仁に、菜々緒がさらに美貌を赤くさせた。

「やぁん……。恥ずかしいから確認しないで……。そ、そうよ。おま○こ舐めて欲しいの……。でも、舐めるからにはたっぷりと丁寧に時間をかけてね。相手にオーガズムを……イカせるくらいの気持ちで……。でも最初はソフトによ……」

菜々緒のクンニガイダンスをしっかり頭に叩き込み、仁は媚熟女の股間へと視線を運んだ。

「な、舐めちゃうってことは、菜々緒さんのパンツ脱がせていいってことですよね？」

改めて確認すると、紅潮した頬がこくりと縦に頷いた。

媚熟女が脱がせてとばかりに、仁の太ももを跨ぐようにしてその場に立った。

「で、では、お言葉に甘えて……」

ごくりと仁は生唾を呑みながら、薄布がへばりつく腰部へと手指を運んだ。

ストッキングのゴム部ごとパンティも掴まえ、魅惑の下腹部から剥き取っていく。

一気に膝までずり下げると、菜々緒が片足ずつ持ち上げ、美脚を抜き取ってくれる。

漆黒の闇に美熟女の秘部は判然としないが、ムンと甘酸っぱい匂いがそこから漂った。

真夏の日差しに、秘密の花園は蒸れていた上に、仁の愛撫を受けてしとどに濡れさせているらしく、饐えた匂いも入り混じっている。けれど、決して不潔には感じられず、むしろ仁を引き付けてやまない牝臭だ。

「日本の男性は、キスからはじまり、首、胸、ヴァギナと、上から下に向けて順番に愛撫していくのがオーソドックスな手順ね。カラダ中、確かに丁寧に舐めてくれるのだけど、ちょっと形式的というか、もう少しでイケそうってところでやめてしまうの。あんまりやると嫌われると思うのか、自制するのね……」

海風に股間を晒しながら菜々緒は、砂浜に立ち尽くしたまま美脚を逆Vの字にくつろげる。その股間に頭をくぐらせ、仁は目を凝らし、じっと秘苑を視姦した。

絹肌の中央にひっそりと茂る恥毛。こんもりとした恥丘をやわらかく飾る漆黒の陰りは、一本一本が繊細で、けれど密に茂っているため全体に濃い。毛先に光る滴は、菜々緒がたっぷりと潤っている証。

「陰毛がきらきらしてる……」

覗き込んだ仁は、その声をうわずらせた。

闇に目が慣れたのか、見たいという執念が光を集めるのか、徐々に菜々緒の秘貝の全容が覗けた。

発育盛りに熟れはじめたばかりの優亜の秘部とはあまりに違う菜々緒の造形。

内ももの肌は青白いまでに白いのに、女陰周囲は楕円形のピンク色だ。唇に似た淫裂は、さらに赤みを増す。けれど、赤黒いというより濃いピンクで、決して穢れた色合いではない。媚熟女の道具でありながら、使い込まれた様子はなく新鮮な印象だ。細かい皺が走る女唇はぽってりと膨らみ、二枚の鶏冠が縦割れをやや肉厚に飾っている。

さらに、その下に少し黒ずんだ蟻の門渡りがピンと張り、キュンと赤みの強いアナルまで目に飛びこんでくる。

「ああ、やっぱり恥ずかしいわ……」

たまらず羞恥を漏らしながらも、菜々緒の両手が自らの股間に伸びた。

両の中指を肉ビラにあてがい、左右にぐいっとくつろげる。引きつれて口を開けた縦割れが、鮮やかなピンク色の濡れ肉を覗かせた。

膣肉の中心に、歪んだ円形の蜜口が見える。ピンク色の筋に似た複雑な形状の内部が丸見えだった。

「ああ、な、なんてエロい眺め……。でも、菜々緒さん綺麗です」

裂け目のピンクが広がるにつれ、女陰上部の涙形の肉の盛りあがりも目に飛びこんでくる。

小豆大の小さな円形の肉の盛りあがり、クリトリスが姿を見せている。やはり菜々緒も興奮しているのだろう。小さな恥豆が、その顔を恥ずかしげに覗かせていた。

7.

「菜々緒さん。もう僕、たまりません！」

昂奮に喘ぐ仁に、媚熟女はやさしい微笑を浮かべている。潤んだ瞳が雄弁に、そこを舐めてと誘っていた。

仁の口元に、マニュキュア煌めく指先が添えられた肉孔が導かれていく。ムンと濃厚な誘う牝臭が押し寄せる。ヨーグルトにハチミツを混ぜ合わせたようなねっとりとした淫香に、仁はたまらなく昂り、あえかに唇を開いて待ち受けた。

「ひうっ！」

ぴとっと鶏冠が仁の唇を塞いだ。途端に、熱い蜜汁が口腔に降り注ぐ。

「はうっ！　あ、ああっ……本当に淫らね。未成年の君にヴァギナを舐めさせるなんて痴女みたい……。あ、あっ、あはぁぁ〜〜っ！」

濃厚なおんなのエキス。海のような塩辛さに微かな甘みが入り混じった菜々緒の淫蜜。ヌルヌルとした舌触りがとろりと喉奥に流れていく。

「あぁん、こんないやらしいことをさせてあげるの私だってはじめてだから……。はうぅっ、本当よ……。こんな恥ずかしいクンニを許してあげるのは仁くんだけ……。

教えてあげるためよ！」

艶めかしく囁きながら菜々緒が、自らの感じやすい粘膜を仁の口に押し付けて、淫らに腰を揺すらせている。

僥くそよぐ花びらが唇にぴとっと触れたまま、ふっくらほこほこの肉土手ごとずりりと擦れていく。

「ぅふぅ……菜々緒ひゃん……ぶちゅるるるっ……菜々緒ひゃんの…おま○こ、超おいひいれす……ぢゅりゅりゅりゅりゅっ……」

仁は夢中で舌先をべったり張り付け、ピチャピチャと音を立てながら下から上へとこそぎつける。

本能に導かれるままの舐めしゃぶり。優亜を相手にクンニ経験はあったが、菜々緒の指摘通り、あまり露骨にやりすぎると嫌われると思い自制した。本音は、もっと舐めていたいと思っていたにもかかわらず、優亜があまりに恥ずかしがるためそれを望んでいないように思えたのだ。

けれど、それは仁の考えすぎであったらしい。口では恥ずかしいと言っていても、本音とは限らない。それがおんな心というものなのだろう。

「はうぅっ……そ、そうよ……ああ、仁くん、上手ぅ……あはぁっ、そうよ、強弱をつけたり、舌先や舌腹を使い分けたり……あん、あ、あぁっ……」

教えられるがまま仁は舌の先や、表面を使い分け、時に花びら表面を突いたり、全体を舐めしゃぶったりと、様々な舌遣いで女陰をあやしていく。もちろん、強弱をつけるのも忘れない。

「ぐふぅ、はむん……ぶぢゅちゅっ……レロレロン……ぢゅちゅっ……うはぁ……すごいれす。菜々緒ひゃん……いくら舐めても……エッチなお汁が、次々に、ぶぢゅるぢゅるぢゅるるるるっ！」

膣奥から滾々と湧き上がる蜜液を舌ですくい、喉奥に流し込んでは、また媚肉の表面を舐め啜る。

慣れてきた仁は舌の表面を巧みに使い、表面を撫でるようにやさしく舐めながら、その大きな舌腹で外陰部全体をまんべんなく刺激していく。

仁は好奇心旺盛である上に、性格的にも一たび集中すると、どこまでもまっしぐらに突き進まなければ済まない性分なだけに、目標を定めたらそこに向かいずっとやり続ける。まさしく、今がそのスイッチの入った状態で、夢中で舐めているというか、丁寧にほぐすように舐め、あるいは凄まじい速さで舌を上下させ刺激したりと、ついには菜々緒にも予測がつかない舌技を披露したりするのだ。

「あっ、あっ、あぁぁっ……やぁん……何それ、仁くん…ダメよ、そんなの……き、気持ちよすぎちゃうじゃない……あはぁ、あん、あん、あぁぁん……」

菜々緒の声のオクターブが上がり、悩ましい震えがむっちりとした太ももや腰部に起きはじめる。

媚熟女の艶反応に気をよくした仁は、一方の花びらを唇に咥え舌先で洗っている。繊細なしわ模様を一つ一つ味わい尽くし、ぽってりとした肉びらを涎まみれにしては、さらにもう一方の陰唇を咥え込んだ。

「ちゅぶちゅちゅちゅっ、レロレロン、菜々緒さんの花びら、とっても上品で……なのにすごくエロくて……。ああ、それにものすごくいやらしく感じるのれすね……腰がガクガクって……じっとしていられないのれひょう？　ぢゅぶちゅちゅちゅっ……！」

入口全体をべろべろと舐めあげながら、その味わいや感想を菜々美にも伝える。うまく褒めることは相変わらずできないが、菜々緒が恥ずかしがるようなことなら言葉にできる。すると、辱められた媚熟女は、不思議と燃えるらしく、そのエロ反応を激しくさせるのだ。

「あはぁっ…そんな…いやらしい舐め方……そんなに……舐め……あ、あぁん！」

丁寧に花びらをしゃぶりつけ表面に付着した蜜液をこそぎ取る。

うっとりと夢見心地で、しつこくも丁寧に舐めしゃぶるものだから、かれこれどのくらい女陰に唇をつけたままでいるのかも判らなくなっている。

既に10分、15分ではきかないはずだ。

空いた掌で、菜々緒の内ももをねっとりとり撫でさするのも忘れない。

(菜々緒さんの太ももヤバっ！　しっとりと掌に吸いつくのに、こんなにすべすべしている……。ムッチリもちもちの張りとやわらかさも激ヤバだ……！)

たっぷり花びらを味わい尽くした仁は、今度は緩んだ花弁を窄めた舌で割り、入口付近の膣粘膜をねっとり上下に舐め回した。

「あぁっ……私、膣中まで舐められているのね……。恥ずかしいお汁を散々呑まれて……あっ、あぁ、舌で掻きまわすのダメぇ……っ！」

腰をくねらせながらも菜々緒は悦楽を堪えようとしている。教えている意識があるからこそ喜悦に呑まれまいとするのだろう。けれど、その腰の蠢きが、自身の様々な場所を刺激される結果となり、そのたびに淫声をあげている。

「ふごい！　はむはむはむ……菜々緒ひゃんの愛液、さらさらひていたものが、ねっとりと粘性を増ひてきた……！」

堅く窄めた舌を目いっぱいに伸ばし、ゆっくりと牝孔に沈めていく。唇を花びらに密着させると、肉襞の一つ一つを刺激するように舌を胎内にそよがせた。

「ひうっ……舌で犯されているみたい……。ああ、仁くんの舌おちんぽに、私のヴァギナが反応して、本気汁が出てきちゃっているのね……あっ、あぁん、気持ちいいっ！」

胎内の熱さに、舌と膣の粘膜同士が融合してしまいそうだ。

ぶるぶると艶太ももが震え、しきりに仁の頬に当たっている。

次々に襲いかかる快感をやり過ごそうと、ふくらはぎをグッと充実させていた。

「あううっ、ああ、すごいっ……。ヴァギナを舐められるの久しぶり……。こんなに気持ちいいものだったかしら……。久しぶりだから忘れていたわ。こんなにいいなんて……あっ、あああっ！」

仁の前では大胆に振舞っていても、島のナースとして仕事に励んできた菜々緒だ。立場上、身を慎まなければならない場面も多いのだろう。おんな盛りに熟れた女体をムリに寝かしつける反動が菜々緒を蝕み、戸惑うほどの快感に我を忘れかけている。

「うれしいです。こんな美味ひいおま○こを味わえて……。このまま続ければ菜々緒さんでもイカせちゃえそうですね？」

「だ、だって……仁くん、どんどん上手になって……あはぁ……私が教えることもなくなるくらい……」

「嘘ですよ。まだ僕は、教わっていません。菜々緒さんは、まだイっていないでしょ？　だからもっと教わらなくちゃ……」

決して仁は、菜々緒をいたぶっているわけでも、焦らしているつもりもない。ひたすら素直に、探求心丸出しで、教えを乞うているのだ。

そんな仁に、菜々緒はほだされたのか、あるいは諦めにも似た気持ちになったのか、その美貌をこくりと小さく頷かせた。

「ああん。仁くんのスケべぇ。そんな瞳を輝かせちゃってぇ……。仕方がないわね。いいわ、私をイカせて……。ク、クリトリスを舌で……。ヴァギナには指を挿入《い》れて……Gスポットを探るの……あっ！」

菜々緒の教えに、仁は嬉々としてツンとしこった女芯をぞろりぞろりと舐めあげた。途端に、紅唇から「ひっ」と、短い悲鳴が上がり、ぐいっと背筋が反らされる。そのまま腰を押し付けるように菜々緒の方から揺らしてくる始末。クールな美女がなりふり構わず悦楽に溺れる姿に、仁は信じられない光景を見る思いだ。

「あうぅっ、あっ、あっ、あぁん、や、やさしくして……クリトリスは、どこよりもやさしく……あはん……んんっ…あっ、ああ、そうよ、やさしく舌先で突くくらいで……あうん！　そうよ。舌の表面でやさしく転がすのも……あっはぁっ……！」

教えられる通りの舌遣いばかりではない。できるだけ菜々緒に予測のつかない愛撫を与える方が、その反応が大きくなることに仁は気づいてしまっている。

「舌の表面で……」と教えられれば、表面を上下動させ、さらには左右にも舌を動かし、「舌の先で……」とねだられれば、包皮をツンツンと突くばかりではなく、肉蕾の頭や側面を意識して、様々な角度から突きまわす。

「こうれすか？　こんなふうが、きもちいいれふ？　ここもこうしちゃいまふね……」

菜々美が殊更大きな反応を示したのは、唇の先に牝芯を摘まみ、やさしくすり潰しながら、舌先でつんつんとその頭を突いた時だ。

「はうん。だ、ダメぇ……それダメぇ……あっ、はぁ…感じちゃうのぉ……あん、あん、あぁ〜〜ん！」

仁の頭を菜々緒の手指が鷲掴み、髪の中を細い指先が這いまわる。それだけでぞくぞくするような快感が背筋を這いまわった。

「菜々緒さんのGスポットって、ここですよね……。ちゃんと当たっていますよね？」

口唇をどけた膣口に、仁はその長い人差し指をぶっさりと突き立てている。

膣孔の浅瀬をゆっくりと探るように、慎重に指先を蠢かせた。

決して、短兵急には指を出し入れさせない。力任せにズボズボ擦っても、相手に痛みを与えるだけにしかならない。

「あうん……慎重に探って……膣の中はデリケートだから、むやみに摩擦するだけでは、気持ちよくなどならないのよ……。恥骨の裏あたり……指の第二関節がすっぽりと入るあたりに……」

看護師だけあって、さすがに菜々緒はカラダのことをよく知っている。それも自らの膣内の性感帯のありかなのだから教えられないはずがない。

けれど、やはり恥ずかしいのであろう。独り言ともつかぬ今にも消え入りそうな声。

その声に導かれ仁は、指の腹に少しざらついた感触を発見した。

「ひうぅ……あぁ、そ、そこよ……。あっ、ああ、し、痺れるぅ……ヴァギナが、痺れちゃうぅぅ～～っ」

ざらついた場所をやさしく指で押すと、即座にあからさまな反応が女体に起きる。

びりびりとした快感電流に苛まれ菜々緒が腰を前後させる。その動きにも、決してポイントから指先が離れぬよう注意しながら押したり緩めたりを断続的に繰り返す。

唇には今一度、媚熟女の充血した肉蕾を咥えなおし、舌先でつんつんと突いた。

「きゃううぅぅ～～っ！」

牝啼きがさらに甲高くオクターブを上げたのは、肉蕾の包皮がつるんと剥けたからだ。

意図的ではなく、舌先が滑った拍子に女核を剥き出しにしてしまったのだが、その効果たるや凄まじいものがあった。

女体が派手にガクガク痙攣したかと思うと、ぶるぶるぶるっと腰部が震えた。軽く絶頂の波に呑み込まれたらしく、仁の頭を掴まえて懸命に女体を支えている。

「はうっ……あはぁ……あっ、あぁん、ダメっ、感じすぎておかしくなりそう……」

ハイトーンのよがり声が、ついには掠れかける。のたうつ蜂腰にも限界が見えた。

察知した仁は容赦なく淫核を唇に捉え、舌先に舐め転がす。

「あぁっ！　仁くん……いいわ。ねえ、いいのぉ……私、どうにかなってしまいそう……あぁん、もう……止められない……このまま仁くんに恥をかかされてしまうのね」

陰核をちゅーっと擦っても、舌先を押し付けてギュッと甘く潰しても、美しい唇から漏れ出すのは、快感に溺れる声ばかり。

「菜々緒さんのおま○こ、温かい……。うわあ、指をきゅっと咥え込んでる。締まりがいいのですね……。ああ、短い襞がみっしりと生えていて指に絡みつきます……」

あえて言葉にして、膣中の様子を探る仁。菜々緒のおんな盛りの熟れ具合を指先で堪能しながら、執拗にその泣き所をあやし続ける。

仁の肉塊は、早くその熟れた媚肉に埋めたいとやるせなく訴えるが、絶対に菜々緒を絶頂させるまではと、まるで中年男のようなやせ我慢を見せつける。

「ほおおおっ、あっ、あん、あぁん、ねえ、感じるっ……。感じちゃうわ。どうしよう。もう我慢できそうにない。私、本当にイッてしまうわ……」

「イキほうれすか？　はふう……ぶぢゅるるっ……いつでもイッれいいれふよっ！」

ついに媚熟女を追い詰めたと知った仁は、嬉々としてその女淫に唇を戻すと、肺いっぱいに吸い上げた。もはやそれはクンニというより、貪っていると言った方が正しい激しさで、ついには淫裂全体を唇で覆い、なおも強烈にバキュームさせた。

「ひやぁっ、お、おおっ……おおんっ、゛んんっ……ダメよ、ダメ、ダメ……そんなに吸っちゃ……あっ、あ、ああんっ」

双臀をくねらせ、胸元を荒く弾ませ、押し寄せる快感を一つずつ乗り越える菜々緒。立ったままではイキ難いのか、すすり啼きしながらも凄絶な色香を振りまいている。

「くふううう、ああ、もう……来ちゃいそう……っくぅ……」

呑まれかけるたび、膝が内側に絞り込まれ、次には仰向いた蛙のようにガニ股気味に外に開かれる。

「菜々緒しゃんっ、ぢゅぶちゅちゅちゅちゅっ……菜々緒ぉぉ～～っ！」

くねりまくる細腰を両腕で支えながら口唇を素早く移動させ、とどめを刺すつもりで、菜々緒の一番敏感な肉芽に再度むしゃぶりついた。

同時に、股間を覆うように掌をあてがい、小さく円を描いていく。膣口をティッシュに見立て、クシュクシュとやわらかく丸める手つき。

菜々緒が噴き零した蜜液が手の表面にまぶされ、ぬるぬると女陰をすべり擦る。

「あ、あああぁっ……だめぇえええっ……あはぁ、も、もうイクっ!!」

凄まじいまでの快感電流に襲われたのだろう。細腰が、がくんがくんと淫らに泳いだ。びくんびくんとあちこちの筋肉が、淫靡な痙攣を繰り返す。

「もう限界……。未成年の仁くんにイカされちゃう……。あぁ、菜々緒イクぅっ!!」

自身が教えているとはいえ、まさか高校生に絶頂に導かれるとは思っていなかったのだろう。張り詰めていたものが崩落するように媚熟女のタガが外れた。

「菜々緒さんが教えてくれたお陰れす。さあ、僕に菜々緒さんのイキ貌をみしぇてくらはい……」

媚熟女の女陰に向かい囁いた仁は、唇に挟んだ肉芽をくりんと甘く潰し、そのまま摘まみ取った。右手の指を二本に増やし、再び淫裂に埋め込むと、なおもGスポットを圧迫する。

「あひっ……！　ああっ、それは……あっ、ダメぇっ、またイッてしまう……！」

軽くイキ極めては、さらなる大きな絶頂の予感が肉の狭間に兆すのか、身震いしながら菜々緒が甘く喘ぐ。

上下の唇で女核をすり潰したのは一瞬であったが、菜々緒のカラダは上から下までぶるぶる震え、膣口は激しく指を食い締めている。

「ふぉんっ、あっ、きちゃう…大きいのがッ……あぁっ、ダメぇっ……イッてるのにしないで……これ以上は……あっ、あっ、あああっ！」

初期絶頂だけでも相当に乱れているのに、仁はなおも手マンを繰り出し、たっぷりとクリトリスを弄り続ける。

媚麗な女体を砂浜に立たせたまま、激しくのたうたせ菜々緒が咽び啼いた。

「ダメぇ、ダメぇ……！　ひうん！　クリトリスいいっ……ふぅ、あふぅん、ダメなの……ねえ、もうダメなの……私、壊れてしまいそう……くぅぅぅ～～っ！」

執拗に、されどやさしさは忘れずに、くちゅくちゅくちゅんと蜜壷を掻きまわしながら、三度肉萌を甘くすり潰す。

官能的な呻き、悩殺的な女体のくねり。クールな美貌が、はしたなくよがり崩れる。振りまかれる濃厚なフェロモンに煽られ、仁も夥しい我慢汁を疑似射精させている。

「ふごいれす。菜々緒さんのクリトリス。こんなに膨れてしまって……。ちょっと突いただけでこんなに敏感に……。おま○こもこんなにぐしょぐしょで……。それにすごいエロ貌。もう大きな絶頂がくるのでしょう？　早く、イッてください。菜々緒さんがイッてくれないと、僕はちんぽも擦れない……！」

「あぁん。ごめんね。仁くんだって、たまらないよね。いいわよ。私、欲しい……。イキま○こに仁くんのおちんちん欲しい……。あはぁん……想像しただけで、おかしくなる……あ、ああ、イクぅ～～っ」

聡明な菜々緒だからこそ、その想像力も逞しいはず。即座に、その瞬間が連想されたのだろう。妄想という刺激がプラスされ、菜々緒の堰が一気に奔流に呑み込まれた。

「イクぅっ、イク、イク、イクぅ～～っ！　あああああああぁぁぁぁぁ～～っ！」

美しい背筋をぎゅんとのけ反らせた菜々緒は、身も世もなく喜悦の劫火に身を焼かれ、巨大な絶頂にもみくちゃにされている。

苦し気な美貌が、ふいにガクンとこちら側に倒れ込み、仁の頭をつっかえにした。

発達した双臀をぶるぶるとわななかせ、豊麗な女体をなおも艶めかしく痙攣させている。

激しく昇りつめた美人看護師は、あまりにも淫らで美しかった。

8.

「はぁ、はぁ……。凄く上手だったわ……。はぁ、はぁ……ご、ごめんね。私だけがイッてしまって。仁くん、辛かったでしょう……？　とても頑張ったわね……。ご褒美に私の膣中に挿入《い》れさせてあげる……」

絶頂に乱れた息を整えながら菜々緒は砂浜に膝をつき、その上半身に残されていたオフショルダーのカットソーを自ら脱いだ。

「いやな仁くん……こんな暗闇でもギラギラした目が判っちゃうほどよ」

普段、診療所で内勤ばかりだからなのか、それとも余程、気を付けているせいか、素肌にはほとんど日焼けの跡がない。

年増痩せしてスレンダー極まりない三十路の女体ながら、艶めかしくも肉感的に魅せるのは、上品な熟脂肪をうっすらと乗せているせいだ。

「だ、だって菜々緒さんの裸が眩しすぎて……」

ただそこに存在するだけで、フェロモンを放出し通しの熟れ具合。どこまでも上品に、その肌を清流で洗われているように潤ませ、その身には朧霞にも似た艶を纏っている。そんなゾクゾクするほどの女ぶりから目を離せるはずがない。

「うふふ」と思わせぶりに、それでいてはにかむように笑った菜々緒は、自らの背中に手を回し、その深い谷間を形成させている白いストラップレスタイプのブラジャーも外した。

「うわあぁっ！」

仁が奇声を上げるのも無理はない。

純白の乳房が惜しげもなくぶるんと挑発的に飛び出したのだ。

菜々緒の身動きに合わせ、悩殺的に揺れるふくらみは、少し重力に流れながらも、熟れごろも極まったやわらかさで、ずっしりと重く実っている。

丸みの横幅が広めで胸の間が開いているサイドセットタイプと呼ばれる艶めかしくもイケイケのおっぱいだ。

「菜々緒さんのおっぱいをついに……」

思えば、あの船の上での夜以来、妄想を膨らませるばかりで、ついぞお目にかかることのなかった乳房。その下乳の裾野から丸みを帯び、頂点に向かって三角に尖っていく。

ロンパリに外を向いた乳首は、思いのほか清楚な小ぶり。綺麗な円を描いた乳暈が、愛撫すべき標的のように薄紅に色づいている。

「本当に熱心に見るのね。ただでさえ火照ったカラダが疼いちゃうわ……」

「だって、菜々緒さんがきれいなのだもの……それに、物凄く色っぽい！」

「うふふ。そうそう。仁くんも少し褒めるのが上手になったじゃない。たとえ、それがお世辞でも、うれしいものよ」

「お世辞なんかじゃありません。菜々緒さんは、超きれいですっ！」

ムキになった仁に、輝くような笑顔が注がれた。

「ほらぁ、仁くんもスケべな目で見てばかりいないで、早く用意して……」

降り注ぐ月明かりに照らされた神秘的とさえ思える女体。高校生の仁がありつくご馳走としては贅沢すぎる菜々緒の女体に、仁が呆然と見とれるのも詮無いことだ。

そんな仁を挑発するように、美人ナースは砂浜に四つん這いになり、お尻だけを高々と持ち上げて、くねくねと振っている。

三十路を迎えても細くくびれたままのウエストは、女盛りに丸みも増して、砂時計さながらに絞り込まれている。さらには、そこから急激に張り出した腰つきは、安産型の骨盤が美しい洋ナシ形のヒップを形成し、蠱惑的《こわくてき》なことこの上ない。

（うほおお、菜々緒さんの腰つき、いやらしいくらいに熟れてる……）

その見事なお尻が、仁の目の前で挑発的に踊るのだ。

四つん這いに、三角錐に垂れ下がった乳房も、小刻みにゆさゆさと揺れている。

「菜々緒さぁん……！」

たまらずに仁も、穿いていたジーンズを大急ぎで脱ぎ捨てた。

もどかしい思いでパンツとTシャツも剥ぎ取ると、媚熟女の逆ハート形の美尻に背後から取りついた。

「仁くん、来て……。私のヴァギナに、硬くなったおちんちんを挿入してぇ……」

なおも仁を挑発するように左右にくねる艶尻を仁は今一度まじまじと拝んだ。

菜々緒が媚尻を高く掲げているため、先ほどよりもさらに艶めかしい女陰が細部まで観察できるのだ。

絶頂を迎えて間もない牝孔は、仁の想像を超えて淫靡に蠢いている。肉棒を奥へ奥へと引きずり込み、その精液を搾取しようと搦め捕るための動きなのだ。

「うわあぁっ。菜々緒さんのおま◯こ、アワビみたいに蠢いている。膣中の襞までウニュウニュと……！」

見たままを素直に口にする仁にも、菜々緒の蠢動は変わらない。

「もう。エッチな表現ばかりしないで……。いいから、ほらっ！　早くぅ……」

菜々緒がこちらに首を捻じ曲げ、仁を非難するような眼差しを向けてくる。それでいてその瞳は淫らに潤み蕩け、焦点など合っていない。

「菜々緒さん。きっと僕、長く持ちませんよ。興奮しすぎで、射精したくて疼きまくっていますから……」

「あぁん。構わないわ。私だってイッてすぐに挿入《い》れられるのだから、そんなには……。それにちょうど今、安全だから。射精したければ、すぐに射精していいわよ……」

容のいい上品な紅唇が、中出しまで許してくれた。看護師であれば、スキンなしの挿入リスクは百も承知のはず。なのに、仁に全てを許してくれたのだ。

またしても美熟女は、ぐいっと婀娜っぽく媚尻を突きだし、くいっくいっと細腰を振っている。

終始、菜々緒は男を誘う大人のおんなでいてくれる。果たしてそれが彼女の素顔なのか、仮面をつけた姿なのか、まるで仁には判らない。

そんな挑発に仁は容易く乗せられ、その美臀に飛びつくばかりだ。

「君とこうなることは、船上でイケナイ悪戯をした時に決まったのかも……。なんとなく予感めいたものを感じていたから……」

仁の掌を感じ、尻朶がきゅんと緊張を見せる。述懐するように吐息を漏らし、菜々緒が身悶えた。

「そうなのですか？　菜々緒さんとエッチできること、あの船で決まったのですね……。いまちんぽが、おま○こに挿入《はい》ります。菜々緒さんが僕のおんなになる！」

うっとりと夢見心地で、やわらかい内ももに手をあてがい、さらに美脚をくつろげさせた。

くぱーっと透明な糸を引き、口を開けた恥裂。トロリと零れ落ちる蜜液がツーッと垂れて白い太ももを穢していく。

「菜々緒さんっ！」

やせ我慢を重ねた結果、これ以上ないくらいにまでぎっちりと凝り固まった勃起に、仁は手を添え、神秘のクレヴァスにあてがった。

後背位の交わりは、優亜とも試していないだけに、余計仁を昂らせる。

懸命に頭の片隅に冷静な部分をつくろうとするが、なかなかそれが難しい。先走り汁まみれの亀頭を女陰にくっつけただけで、凄まじい興奮と快楽に見舞われる始末だ。

「ぐふっ！　ぐわあぁぁぁっ！」

唸りながら、そのまま縦割れをなぞった。

ぬぷぷ、ぴちゅっ、ぬぷっ、と切っ先で生々しい水音を立てながら、やわらかな肉びらを巻き添えに淫裂への挿入を開始した。

「んうっ……んっ、んんっ！」

「ごふぅぅっ！」

互いの呻きがシンクロすると、粘膜同士が熱く結びつき、牡牝の境界が危うくなる。

「くる……挿入《はい》ってくる!!　私のヴァギナに仁くんが……」

切っ先がぬっぷと帳をくぐる心地よさ。唇の端から涎が零れ落ちるほどの喜悦に、なおもゆっくりと腰を繰り出さずにいられない。

受け身の媚熟女は、ぶるぶると女体を慄かせ呻くばかり。

「んんんんっ――――っ！　お、おっきい……ああ、仁くんのペニス、大きいことは判っていたけど……。こんなに内側から拡げられるなんて……っ」

見た目通りに熟れていながらも、思いのほか狭隘な菜々緒の牝壷。仁の脳裏には、肉の蛮刀で膣孔を切り拓く妄想がありありと浮かんでいる。

満たされていく菜々緒には、強い衝撃だろう。逸物を奥へ奥へと受け入れながら、ぶるぶると媚臀を震わせている。大きな質量に驚いた膣壁が、立て続けにきゅんきゅんっと締め付けるように収縮した。

「もう少し、もう少しで嵌まります……。僕の大きさが全部、菜々緒さんの膣中にっ！」

「あぁ、来てっ……。仁くんの容や大きさ、ペニスの全部を私のヴァギナに焼き付けて……！」

蜜液をたっぷりとまぶした狭いチューブに挿入しているような感触。亀頭部でほじるようにして少しずつ拓きながらずるずると滑り込ませる。

媚熟女の道具は、ただ狭いばかりではない。繊細で複雑な起伏と蕩ける滑らかさが、凄まじいまでの具合のよさとなって味わわせる極上媚肉なのだ。

「ぐふぅ、や、やばいです。菜々緒さんのおま◯こ……。こんなに気持ちいいなんて……。あぁ、やっぱり長く保ちそうにありませんっ！」

所詮《しょせん》、童貞を卒業したばかりの仁では、美熟女の相手は荷が勝ちすぎたか。個人差はあっても、いくら菜々緒が熟れていても、同じおんななのだから、優亜の時と、それほど変わりはないと甘く見ていたところがある。けれど、それが大きな間違いであると、今さらに思い知らされた。

「菜々緒さんの大人ま◯こ……。こんなに凄いおま◯こを名器と言うのですね……」

ようやく三分の二を埋め込ませたが、仁の性感が一気に焼き切れてしまいそうなほどの興奮と快感を味わっている。

おんな盛りに熟れている蜜壷であることが一つ。おんなとしての経験と開発が済まされているのであろうことも一つ。さらには、本来相手にされるはずのないほど歳の差のある大人の色気ムンムンの媚女と結ばれた精神的充足も、その一つに挙げられるだろう。けれど、それらを置いても、単純に菜々緒の女陰は名器なのだ。

　肉筒全体が深くやわらかく、仁の人並み以上の逸物を余裕で受け入れてくれる安心感がある。だからと言って緩いわけではない。細かい襞々が幾重にも密集し、むしろきついくらいだ。それが肉幹にしっとりとまとわりつき、きゅきゅうと締めつけながら、くすぐるように舐めまわしてくるのだからたまらない。

「うはあぁぁぁ……っ。な、菜々緒さんのおま○こよすぎて、漏らしてしまいそうです……。ぐううっ、で、でも、全部挿入《い》れるまで……。根元まで咥え込ませるまで、絶対に我慢するっ！」

　ややもすると快楽に負け、射精しそうになる自分を鼓舞するように言い聞かせ、ぐっと歯を食いしばり、残る肉幹を埋め込んでいく。

「んふぅぅっ。仁くん、頑張って……。な、菜々緒も、こ、堪えるから……は、早く全部……ちょうだいっ！」

　菜々緒の方も喘ぎ喘ぎ苦し気に、仁を応援してくれる。

　美女オーラ全開の菜々緒から鼓舞されて、ここで頑張らなければ男じゃない。

　改めて腹筋に力を込め、菊座をギッチリ締めて、さらに腰を押し進めた。

「んんっ……あん、あはぁ〜〜っ」
噛み縛る紅唇から漏れ出る悩ましくもくぐもった喘ぎ。それが、兆すことを堪えているると如実に伝えている。

必死の形相で仁は、付け根をマシュマロのようなヒップにまで到達させると、くんと腰を捏ね根元までの挿入を果たした。

「あはぁっ！　ふ、深い……。私の一番奥にまで届いているわっ！」
菜々緒の蜜壷が仁の肉柱にぴたりとすがり、誂えたように隙間なく収まっている。

「なんて素敵なの……んふぅ……挿入《い》れられているだけで、こんなに気持ちいいなんて……。あぁ、こんな感覚、初めてよ……」

「僕はうれしいです。菜々緒さんに感じてもらえて……。菜々緒さんから見れば、頼りない男だろうけど……。僕は真剣に菜々緒さんのことを愛しますから！」
青臭い少年らしい言葉かもしれないが、純粋で何の衒いもなく自然に湧き出た言葉。だからこそ、媚熟女の脳幹に染み入り、彼女に多幸感を与えることができた。

「んふぅ……。君はやっぱり素敵な子ね……んんっ。だ、だからその気にさせられちゃう……優亜ちゃんが惚れたのも当然ね……うぅぅっ」

「本当ですよ。好きなんです……。こうしていると溢れてきます。菜々緒さんへの想いが！」

仁が囁くたび、明らかな濡れが女陰をジュンッと潤していく。ビクビクンッと女体が痙攣した。甘い言葉が心を蕩かし、いわば精神的絶頂が肉体に及んだのだ。

「もうっ！　そんなに甘く悦ばせないで……。仁くん、おんな誑《たら》しの才能があるのね……。ペニスだってこんなにおんな泣かせで……あうん！　大人の私が蕩かされるなんて……」

「うふぅっ。ぼ、僕も、ちんぽが溶けちゃいそうで……。菜々緒さんが強く締めつけるから……。ぐぅうっ、な、なのにトロトロで……ゼリーにでも漬けているみたいで」

膣全体が悩ましく蠢動しては、媚襞をそよがせ男根をくすぐってくる。肉柱による拡充と異物感、さらには肉熱を悦び、扇情的にもてなしてくれている。

「トロトロでやわらかいのに、おうぅっ！　き、きつきつです。ぬるぬるなのにザラついていいて……うぶっ！　ま、まだ吸い込まれちゃうっ！」

ほこほこのヒップにべったりと密着させているにもかかわらず、さらに腰をぐんと押し込んだ。ゼロ距離からのさらなる挿入。切っ先がグリンと底を擦る手応え。

「ほうぅぅぅぅぅ〜〜っ!!」

艶めいた媚熟女の本気の啼き声。媚麗な裸身がぶるぶるぶるるっと派手に震えた。

「そ、そんなに奥を擦っちゃダメ……私の一番奥に届いているのだから……。こ、こんなに深いの、はじめて……。あぁ、またきちゃいそう……あ、あぁぁ～～っ！」

はじめにわななくような震え。次には、エンストを起こしたかのような断続的な痙攣。菜々緒がアクメを極めたのだ。それも、漣のようであった絶頂波が、立て続けに二波、三波と押し寄せるたび、波の高さを大きくして悦楽の果てに彼女を導く。

「はうぅっ……あっ、あっはぁぁ～……。やぁん、うそっ！　イクの止まらない……。あ、あぁ、イクっ……イクぅぅぅぅ～～っ！」

連続する絶頂に、むっちりした太ももや白い首筋に鳥肌が立っている。

仁とて深い悦びは一緒だ。どうして射精を免れているのか自分でも不思議なほどで、頭の中には色鮮やかな火花が何度もさく裂している。

（ウソだ！　あの菜々緒さんが、僕のちんぽでこんなによがっている……！）

クールビューティの菜々緒が、肉棒を挿入しただけでイキ乱れている。

何度もこの瞬間を妄想していたが、実際にこの目で見ることなどありえないと思っていた。まさか、それを目の当たりにするなんて。しかも、現実の菜々緒は、仁の妄想よりも、さらに淫らに、さらに美しくイキまくっている。

昂る仁は、次なる標的をその紡錘形に垂れさがったふくらみに定め、自ら前屈みとなって掌に掬った。

「うぉおっ！　こ、これが菜々緒さんのおっぱいの触り心地……」

まろやかなふくらみの弾力を確かめるように、むにゅりと手指で潰していく。

「あ、ああん……。私、おっぱいも敏感になっているわ！」

その言葉通り、乳房は菜々緒の甘い愉悦を掻き立てる性器の一つと化している。硬くさせた乳首が掌底に擦れる感触。開いては閉じを繰り返すと、なめらか乳肌の下、スライム状の遊離脂肪が柔軟に移動していく。行き場を失い指と指の間を埋め尽くしては、特有の質感で反発し、手指性感を悦ばせてくれる。

「ああ、なんておっぱいなんだろう……。やらかくて、やらしくて　こんなエロ乳、二度と手放したくない！」

大好物を取っておくつもりで生乳への愛撫をずっと自制してきたが、いざ触れてしまうと、あまりにも素晴らしすぎる感触に、手放す諦めがつかない。自然、激情の全てをぶつけるような乳揉みを飽きることなく繰り返した。

「うぉぉ……っ。すべすべして、ふわっふわで、菜々緒さんの生おっぱい、やばすぎです！　大人のおっぱいって、こんなに官能的なのですね!!」

躁状態に浮かされたような声が、そのまま乳肌にまで染みるようで、菜々緒も乳肌を熱くさせ快感に溺れている。勃起を咥え込んだまま下半身をもじもじさせ、背後から貫いたままの仁の腰や太ももに甘く熟れた媚尻をなすりつけてくる。

「うほっ、ま○こが擦れています。そんなにもじもじされると僕のちんぽが……」

「あっ、あん……。だ、だって、じっとしていられなくて……。切なく疼く上に、おま○こが火照っていて勝手に腰が……」

じれったそうに女体を揺すらせ、抽迭を求める菜々緒。看護師らしくヴァギナと言っていたはずが、いつのまにか淫語に変えている。

膣襞も仁に律動を促すように複雑な蠢動を繰り返している。

「お願いだから、もう焦らさずに動かしてちょうだい……」

ついに菜々緒から淫らなおねだりを引き出した。もっとも、仁としては、焦らしたつもりはなく、その媚肉のあまりの具合のよさに動くに動けなかったのが真相だ。

「菜々緒さんは、動かして欲しいのですね……？」

確認する仁に、菜々緒は首を持ち上げこちらを振り返ると、紅潮させた顔を小さく頷かせた。媚びるような妖しい流し目が、ぞくぞくするほど色っぽい。

「あぁ、欲しいわ！　くふう！　わ、私の…菜々緒の……あっはぁ！　おま○こに……あふぅ……仁くんのおちんちん抜き刺しさせて……じゃないと、あぁ、あまりに切なすぎるぅっ！」

貫かれた蜂腰をいやらしく揺すらせ、うねる女陰で肉柱を舐める。それも何度も、何度も。けれど、仁の掌が媚熟女の太ももの付け根をロックしているため、その腰つきは思うに任せず、焦れったくも中途半端な喜悦しか呼ばない。

「……ああ！　ねえ、たまらないの！　菜々緒、ふしだらね。碧のためだなんて言っておきながら、こんなに浅ましい……。あぁ、でも…お、お願いだから。仁くんのおちんちんで菜々緒のおま○こを突いてぇ！」

もはや、菜々緒は相手が年下の男であることも忘れ、おんなとしての恥じらいもかなぐり捨て、ただひたすら牝になろうとしている。そんな自分に戸惑っているようでありながら、発情した女陰の渇きに勝てずに啜り泣きすら晒すのだ。

「わ、判りました。それが菜々緒さんの望みなのですね！　でも、このヤバいおま○こ相手に、動かしたらすぐにでも射精ちゃいますからね！」

肉棒から込み上げる切ない疼きが、余命の短さを告げている。素直に、それを菜々緒に伝えてから仁は、ぐりぐりと腰でのの字を描き、膣孔を抉りたてた。

「きゃううぅぅぅっ……あ、はぁぁ……。あぁ、もっと、もっとしてっ！　もっと激しくしてもかまわない。遠慮せずに、もっと、ああ、もっとしてぇ〜っ！」

本気でよがり啼く菜々緒に半ば圧倒されながら、ずるずるずるっと引き抜いていく。張りだしたカリ首で胎内の襞という襞を掻き毟《むし》った。抜け落ちる寸前まで露にさせた分身を、また一気にずぶずぶんと埋め戻す。

「あうっ……！　か、感じるわ。仁くんの昂りを……おま○こで熱いくらいに……あぁ、さっきから私、はしたない言葉ばかり……こんなにいやらしくするのはじめてかも……。はぁん！　こ、こんなに解放されるなんて……」

こんな満天の星空の元、心地よい海風に吹かれ、砂浜で交わっているのだから開放的になるのも当然なのかもしれない。

時折、風に舞った海砂がジャリッと亀頭部に痛みをもたらすが、それも仁の命脈を永らえさせるアクセントになっている。

カラダばかりか心まで一つにして、二人は互いを昂らせる。最早、意識することなく自然と腰が前後に動き続ける。それも二人同時に息を合わせて。

「あぁん、仁くん、素敵よ！　とっても上手ぅ！　……仁くんの亀頭の形、茎に絡みついた血管までおま○こが覚えてしまう……ああ、なんて逞しいおちんちん……あぅん！　もう、すっかり菜々緒は仁くんに染まったわ……」

仁のおんなとなった歓びを口走りながら、見事な媚尻を淫らにくねらせ、女陰から湧き上がる歓びに夢中になっている菜々緒。裸身は歓喜の汗に濡れ、流線型のボディを淫らに揺すらせながら、すっかりおんなの嬌態を曝け出している。

「ふぅううん……んんっ……」

根元まで蜜壷にべっとり漬け込み、くいっくいっと腰を捏ねまわしてから、またすぐにずずずっと引きずり出す。

単調にならぬよう、入口付近でも小刻みな抜き挿しもくれてやる。

「ひゃあっ！　あうっ…あっ、あぁっ、おま○こが！　とけ…ちゃう！　イクっ…菜々緒、またイクぅぅぅ～～っ！」

絶頂にすすり泣きながら菜々緒は、激しい歓喜に心と裸身を蕩けさせている。

けれど、仁にイキ果てる媚熟女を慮る余裕はなく、なおも律動を繰り返す。

ぐちゅん、ぶぢゅん、ぢゅちゅん——と、卑猥な水音を派手に掻き立て、むしろその腰の動きを激しくさせた。

「おんっ！　だ、ダメっ……イッているの……。あううっ……ダ、ダメなの……イキま○こ、おちんちんでほじらないでぇぇぇ～～……っ！」

絶頂した媚肉をさらに抉られる切なさ。ただでさえ悦楽を極め敏感さを増した女性器に抜き挿しされるのだから、さすがの菜々緒も狼狽したように、静止を訴える。

しかし、逆上せあがった仁に、ブレーキなどあり得ない。とうに限界を超えているのだ。

「ダメです。菜々緒さんのおま○こよすぎて……。あまりに菜々緒さんのイキ様が色っぽくて……。もうちんぽ、止まらない！」

最早、射精するしか仁を止める術はない。そう悟ったものか、切なく急き立てられる悦楽に、またもじっとしていられなくなったのか、菜々緒も艶尻をクナクナとくねらせる。

仁の前後の動きに媚熟女の左右の動きが加わり、さらには、膣中では肉襞が、むぎゅりと肉柱を食い締めては妖しく蠢いている。

「ゔわあぁぁ、もうダメです！　菜々緒さん、もう我慢できません！」

閉ざし続けた菊座や蟻の門渡りが痺れ、やるせない射精衝動が兆している。懸命なやせ我慢もこれまでだ。

「で、射精そうなのね？　頂戴。私の子宮に……。仁くんの精液を呑ませて！」

「射精ます……。濃い精子を射精しますよ。菜々緒さんの膣中にいっぱいいっ！」

仁は、菜々緒の太ももの付け根にあてがった両手を力いっぱいグッと引きつけた。

「ひやぁぁぁぁ〜〜っ！」

紅唇から兆しきった甲高い呻きがあがる。

着床を求め降りてきた子宮口に、挿し込んだ鈴口がゴツンと当たり、その衝撃でまたしても本格的にイキ極めたらしい。

子宮口すら突き破りそうな手応えに、仁も凄まじい快感を覚えている。

「イクよっ……菜々緒さん、もう射精るっ！」

「射精してっ…あぁ早くっ……。またイクの……一緒に…あぁ、菜々緒も一緒にッ!!」

連続アクメに晒された菜々緒が、女体のあちこちを発情色に染め、仁を凄絶な色香で促した。たまらず仁は、肉傘をぶわっと膨らませトリガーを引き絞る。

反射的に菜々緒を背後から羽交い絞めに抱き、恥丘と根元のぶつかる鈍い音を聞きながら子宮の奥まで貫いて白濁の液滴を放った。

「あ……あぁ……満たされていく……菜々緒の子宮が……あうぅぅっ！」

熱い吐息を零しながら、菜々緒は裸身を震わせている。

食い締めていた膣肉が不意に緩み、子宮全体をバルーン状に膨らませ精液を受け止めている。

仁は抱きすくめた菜々緒の甘いうなじを舐めながら、どくどくと玉袋から牡汁を注ぎ込んでいく。

頭の中を真っ白にして至高の瞬間に酔い痴れる。

菜々緒もまた陶酔と絶頂の狭間を彷徨《さまよ》い続けている。おんなの業の凄まじさ。多幸感に浸りながらイキ乱れる媚熟女は、惚れ惚れするほど美しい。

「ああ、菜々緒さん、すごくきれいです……」

玉袋に残された最後の一滴まで放出して仁は耳元で囁いた。

深い深い絶頂を極めた媚熟女は、子宮の収縮に合わせて背筋を、びく、びくんっと未だ痙攣させている。

「こんなに気持ちのいいSEXを味わうなんて……。仁くんのお陰で、おんなの悦びの深さを再認識させてもらったわ。うふふ。私の方が、教えられちゃったわね」

怒涛の絶頂からようやく我に返った菜々緒が、屈託のない笑顔を見せてくれる。それが嬉しくて、仁はその紅唇を求めた。

第三章　媚肉　憧れ未亡人に耽溺挿入

1.

「はうぅっ！　あっ、ああん、そんなところばかり舐めて仁くんのエッチぃ……！」

菜々緒の内ももの特にやわらかい所に唇を吸いつけ、滑らかな肌をレロレロと舐めしゃぶる。

あの夜以来、仁は二日とおかず菜々緒の寝室を訪れるようになり、時には一晩中も成熟した肉体を抱いている。

有給休暇のたまっている菜々緒が、真夏の今ころは診療所がヒマであることを幸いに、仕事をズル休みしての乱交。爛《ただ》れた時間にどっぷりと溺れ、獣のように肉欲を貪りあう蜜月は、何物にも代えがたい。

夏休みも残り少なく、頭の片隅には、諦めがたい碧への想いが燻っている。にもかかわらず、目前の媚麗な肢体の前では、他愛もなく一匹の牡獣と化してしまう自分がいる。

優亜の時のように、心に菜々緒が棲みついてしまったことは確かなようだ。一回り以上年上であり、理知的で分別もある菜々緒が、このままずっと仁のものになってくれるかどうか。その不安があるからこそ、仁は燃えるのだとも言える。

「菜々緒さんの肌、美味しい。いつまで舐めていても飽きません……」

なおも内ももに口づけしながら、新鮮な肉色をした秘め貝をちょんちょんと指先で悪戯してやる。

昨晩から散々突きまくり吐精した女陰は、さすがに肉ビラが少し型崩れを起こし左右のバランスを崩している。けれど、まるでその魅力は、薄れないどころか、増すばかり。

「あうん……あ、はあ……んんっ」

恥じらいつつも菜々緒は、仁の邪魔立てをしないどころか、セミダブルのベッドに仰向けになったまま美脚を大きくM字にくつろげてくれる。

開かれた股間に釣られて女陰もぱっくりと口を開いている。肉厚なスリットの陰影は深くしなやかで、その内奥からは香しい牝臭がプーンと香ってくる。

「菜々緒さんのおま○こからは、いつも甘い香りがする……」

何度対面しても興奮をそそられる眺めに、喉がカラカラになる。

「ああ、また見ているのね。私の奥まで……」

成熟したおんなの淫靡さが際立つ肉花びらを仁は指先で突いた。

「はううっ！　あん、もう、悪戯ばかりスケベぇ……。あっ、ああんっ！」

クスクスと笑いながらもセクシーに吐息を漏らす菜々緒。触れるか触れないかの微妙なタッチにもかかわらず、引き締まった太ももがびくりと震える。

「こんなに敏感だと、またすぐにイッちゃいそうですね。そんなに気持ちいいです？　僕のことスケベって言うけど、僕よりずっと菜々緒さんの方がスケベですよね！」

嬉々として辱めの言葉を浴びせながら媚麗な女体をあやしていく。肉体を発情させ通しの媚熟女だから丁寧な愛撫に感じてしまうのは当然。それを論《あげつら》い、被虐を煽ると菜々緒がより激しく乱れると知ってからは、意地悪な言葉ばかり浴びせている。

「本当は恥ずかしいのよ。でも、いいわ。仁くんのお好きにどうぞっ」

菜々緒からは、幾度も〝さん〟付けはやめるように求められている。けれど、興奮が高まると、結局「菜々緒さん」に戻ってしまう。

「指先で触れるだけで、おま○こ、こんなにヒクついて……。何度見ても、アワビが蠢いているみたい……」

じっくりと観察するのは、性格的にもお手の物。それをそのまま実況してやると、ただでさえ理知的な菜々緒だけに、その様子が想像されてしまうのか、羞恥に身も世もなく肉体を蝕まれ、被虐に苛まれていく。

余計に陰唇がヒクヒクとアワビの如く蠢くのだ。

仁は、むっちりとした太ももに腕を回して抱え込み、その唇を下腹部へと近づけた。

(恥ずかしがらせれば恥ずかしがらせるほど菜々緒さんは乱れる……)

羞恥も快感を呼ぶ手管の一つと、しっかり学んだ仁は、盛んに媚熟女を辱めながらことに及ぶ。それ以外にも、菜々緒の個人授業は続いている。

基本、菜々緒の教えは、巷ではスローSEXと呼ばれるものらしい。

互いを褒め称える会話からはじまり、食事を楽しみ、十分にスキンシップを取ってからようやく挿入する。これら全てのプロセスがSEXという考え方だ。

含蓄に富んだ美人ナースの教えは、女体の愛し方から、その褒め称え方、果てはその瞬間におんながどう思考するかにまで至っている。

例えば、仁が菜々緒の肉孔に指を埋め込み、その愛撫の仕方を教わっている時も、その取り扱いはもちろん──。

「あふぅ……。濡れているからって、悦んでいるとは限らないのよ。濡れるのは生理的なもの……。んふぅ……。ち、乳首が勃つのだって、健康な女体なら当たり前の反応なの。だって、敏感なところを触られるのだもの……。でも、心から悦ばなくては、決してをんなは堕ちないわ」といった具合に。

仁は、集中力も忍耐力も備えた極めて優秀な生徒であり、しかも勉強熱心にも工夫と研鑽を欠かさぬため、いつの間にかすっかり菜々緒を悦ばせる達人になっている。

好きこそものの上手なれではないが、のめり込むタチなだけに仁の上達は早い。

その一方で、テクニックにばかり走るのもいけないと、教えてくれた。

「おんながイクのだって生理現象よ。心まで蕩かしてくれる男におんなは夢中になるの。おんなのカラダって、そういうものよ。愛がなくては蕩けないわ。どんなに上手でも、そこに愛を感じなければ……。逆を言うとね。下手くそでも愛を感じさせてくれるなら、どこまでだって燃え上がるのよ……」

微に入り細に入り、まるで自らの理想の男に育てるように、菜々緒は仁を磨き上げてくれるのだ。

「四十代までに、ハッと目覚めさせてくれるような〝素敵なセックス〟を与えてくれるパートナーと巡り会うと、年齢を重ねるほどおんなの性欲も上昇傾向になるらしいの……」

「菜々緒さんは、もうそんな男性と巡り会えたの？」

「うふふ。さあ、どうかしら……。まだだったら、仁くんがそういう相手になってくれる？」

しかも、ただ教えてくれるだけではない。自らの女体を贅沢すぎる教材に、文字通り手取り足取りなのだから、仁が夢中にならない訳がない。

「おんなにとって挿入とオーガズムばかりがＳＥＸではないのよ。やさしく触ってくれること。ギュッと抱き締められること。ちょっぴり長いキスをすること。バストとかヴァギナをタッチされることもＳＥＸかなぁ……」

菜々緒によれば、さりげない男女の絡み全てがＳＥＸだというのだ。

「愛を感じさせるの……。それは忍耐ね。相手のことを思えばこそ、自分も我慢できるでしょう？　熱い想いを伝えるのも大切。結局、おんなは言葉に弱いの……」

教わったことを素直に実践する仁だから菜々緒の方もたまらない。弱点を全て曝け出した上に、その責め方を教授するのだから最後には必ず仁にイキ様を晒してしまうのだ。

もちろん、菜々緒だけが愛撫されて気持ちよくなるのではなく、仁にも等分の愛撫を媚熟女は与えてくれる。

首筋へのキスからはじまり、乳首への舐め責め。お腹や脇にも紅唇を這わせながら、肉柱への甘くやさしい手淫。パイ擦りにフェラチオと、大人のおんなの手練手管をたっぷりと味わわせてくれるのだ。

「一度射精しておけば、次は長く持つでしょう？　仁くんは、精力が有り余っているみたいだし……」

コケティッシュに微笑みながら菜々緒が、射精にまで導いてくれると、ようやく次は仁の責める番となる。

教わったことを頭の中で反芻しつつ、そのままでは媚熟女に予測されてしまうために、仁なりのアレンジをして愛撫する。

下腹部を責める場合にも、まっすぐに女陰には向かわず、太ももの付け根をしゃぶりつけ、指では肉丘の恥毛を梳るといった具合。

繊細な毛質を愉しんでから秘丘を指先でやさしく揉み込む。陰毛がつっぱり、媚肉がやわらかくひしゃげると、じわっと汁気が内奥から滲んだ。

「あぁんっ！　うふぅ……ふぅんっ……あっ、ああんっ」

零れ落ちる喘ぎが徐々に甲高さを増していくに従い、効果ありと読み取った仁は、ちろりとはみ出した肉花びらの表面に、指先で小さく円を描いた。

「ああああぁっ、あン……んふぅ、ううっ、おぅ、おぉん……」

媚熟女が鉤状にした右の人差し指を紅唇に押し当てる。漏れ出そうとする啼き声を憚ってのことだろう。

独り暮らしの菜々緒は、両親から引き継いだ一軒家に住んでいる。いわゆる古民家に近い建物で、さほど厚い壁ではないだけに、艶めかしい声が外に洩れるのが気になるらしいのだ。

ちなみに、菜々緒の両親は島を離れた兄夫婦と住んでいるそうだ。

海辺では、波音に喘ぎ声も打ち消されるからと奔放に聞かせてくれたのに、家の中では憚られてしまうのが仁には面白く感じられる。

さらには、漏らすまいとする美熟女の様子は、ものすごく色っぽく、ひどくそそられるのだ。

「んんっ……んふぅ、あんっ……あぁ、そこ……んふぅ、あっ、あぁん……!」

指の圧迫を逃れようとするものか、あるいは鋭い喜悦が堪らないのか、悩ましく細腰を揺らめかせている。

薄らと熟脂肪を乗せた腹部が、切なげに波打つさまはエロスそのもの。

「どう。感じます？　気持ちよさそうですね。もう少し激しくしても大丈夫です？」

尋ねながらも反応を見極め、たっぷりと美人看護師の官能を揺さぶっていく。

縦に刻まれた鮮紅色の亀裂から温かな蜜液が次々に溢れ出る。

「あ、ああっ！　感じるわ……。浅ましいほど感じているっ!!」

菜々緒が快感に身を委ね、背筋をぎゅんとエビ反らせると、腹部の美しさが強調される。横幅広めで胸の間があいている乳房が、官能的にデコルテの方向に流れた。

「ああ、やっぱり、いい匂い。甘くて、少し酸味があって……。菜々緒さんは、どこもかしこも、いい匂いです！」

恥丘を覆う繊毛に鼻先を埋め、うっとりつぶやいた。

そして、ところかまわずキスの雨を降らせる。

「ううっ、あ、ああん、そ、そんなこと……」

媚熟女が身を捩り、甲高く喘ぎ啼く。

「んん、あ、ああっ、仁くんの舌いやらしい……そんなに舐めないで……」

チュッチュッと肉びらにキスを注いでから、花びらの一枚を口腔内に迎え入れ、たっぷりと舐めしゃぶる。

もう一枚の花弁をしゃぶりつける頃には、淫裂の内奥から多量の蜜液がじゅくじゅくと染み出している。

「うわあああっ。おま○こ、おもらししたみたい…。お汁がいっぱいに垂れていますよ……。ああ、太ももまでべっとり……」

またしても辱めると、流線型の女体がぶるぶるっと震えた。

「ああん、仁くんったら私を辱めてばかり……。少しは褒めてくれてもいいじゃない」

彼女らしい言い回しながらも、なおビクンビクンと女体を派手に震わせる。

仁は、菜々緒の嬌態に見惚れながら、ついに舌先を硬い筒状に尖らせて、淫裂の内側へと埋没させた。

やわらかな肉襞を搦め捕りつつ、チロチロと舌先でほぐすのだ。

これからたっぷり小一時間でも舐め続け、そのまま絶頂に導くと決めている。

初手は、どんなに舌を伸ばしても割れ目の入口付近を舐め啜るばかりだが、それでも十二分に効果はあった。

「くふううう……あ、あうう……あ、あぁぅぅ」

悩ましい女体を激しい悦楽に包まれるのか、何度も繰り返し細身を震わせている。

枕に載せられた整った美貌は、艶っぽくも妖しく歪んでいた。

「菜々緒さんのおま○こ、海に口を付けているみたいです。でも、どうしてだろう甘く感じるのは……。やっぱり女体って神秘ですね。こんなに美味しいおま○こを味わえる僕はしあわせものです」

うっとりと告げてから、またぞろ女陰に舞い戻り、小刻みに顔面を振動させる。

「あんっ。仁くんにお腹の中を舐められるこの感じ……。ああん。カラダが火照る。たまらなく、熱いいっ！」

眉を折り曲げ、美しい歯並びを零して激烈な恥悦にあえぐ菜々緒。しっかりと空調を効かせていても、美熟女の体温の急上昇に伴い、部屋はひどく蒸し暑くなる。

「カラダに油を塗ったみたいですね。超色っぽい！　菜々緒さんの気持ちいいのが、見ている僕にも伝わります」

ただでさえ器用な仁だが、その情熱と観察力に集中力までもが加わっている。自分には質量の大きな切り札があるとの自覚も、仁の技量を冴えさせている。なによりも菜々緒自身が自らの性感帯を明かし、そこを責めているのだから、奔放に乱れまくるのも当然だ。

（おんなを開発するって、こういうことかあ……）

内心にほくそ笑みながら仁は、女陰を貪り続ける。あやせばあやすだけ応えてくれる豊饒な肉体に酔い痴れていた。

「づふぅ……僕にお腹の中を舐められてイッれひまうのれすね。菜々緒ひゃんが、一番気持ちのいいところ舐めてあげまひゅから……レロレロン、ぶぢゅるるるっ！」

膣奥から多量に分泌される蜜液を懸命に舐め取りながら、ねちょねちょになっている粘膜壁を貪り続ける。

　ぽってりとした鶏冠状の肉花びらが、悩ましくヒクついている。頻繁に内ももがビクン、ビクンと官能味たっぷりに痙攣を起こすのも、絶頂が近づいた証だろう。

「うううっ。ああ、ダメぇ……またイッてしまう……。こんなにイカされ通しでは、おかしくなってしまいそう……」

「いいれすよ。おかしくなっても……。ちゅちゅちゅっ……。どんなにイキ乱れても、悦びが深まるだけと教えてくれたじゃないれふか……。ぶちゅるるる……おかひくなるなんてことはないって……」

　ナースとしての知識なのか、経験的なものか仁には判らない。けれど、そう教えてくれたのは紛れもなく菜々緒なのだ。なればこそ、彼女を責める手指や舌戯を休ませることはない。

「ええ、そうよ。でも恥ずかしいの……。はしたない菜々緒をこれ以上仁くんに見せたくない……」

「それも大丈夫。僕は菜々緒ひゃんが、はしたないおんなだと知っているから。ぶちゅるるるっ……れも、それ以上に菜々緒ひゃんは……美しくて、淫らで、最高れふ！ぶぶぢゅちゅちゅちゅ～～っ！」

「あはぁん、い、いやぁ……。もう！　本当に恥ずかしいのにぃ……はしたない上に、淫らだなんて……あっ、あうんっ、んんっ……で、でも、気持ちいいっ！　あっ、あぁ、もうきちゃう……大きなのがくる……菜々緒、イクぅううぅ～～っ！」

最早、何者も憚ることもなく奔放に絶叫しながら、媚熟女がぐぐぐっと痩身を突っ張らせた。

押し寄せるアクメに全身を強く息ませ、女体を硬直させている。色白の女体のほとんどが、ボーっとピンクに染まるほどだ。

（すごい、すごい、すごい。菜々緒さんが、またイッてる。こんなに美しくイクおんなの人、ＡＶとかでも見たことない……）

悦びを爆発させる媚熟女を上目づかいで盗み見ながら、仁はふたたび花唇へと口腔を移した。

蜜液はぐっと粘りを増し、酸味が強くなっている。いわゆる本気汁というやつだ。

べったりと口を付けると、菜々緒は美尻を高く掲げ、口唇に下腹部を捧げてくれる。

生贄に残された女陰に仁は顔の動きを急ピッチに左右させ、強くずずずっと吸い付く。すると、くびれた腰部だけが、いやらしくのたうつのだ。

「あ、ああ！　気持ちよすぎちゃう……。お願い。仁くん、お願いだから膣内に挿入《い》れて……。また、仁くんの子種を菜々緒の子宮にちょうだい」

いやらしく腰を波打たせたまま美人ナースが、色っぽいおねだりをしてくれる。

一も二もなく仁は頷くと、イキ極めたばかりの女体を逸物で貫き、さらに追い詰めようと律動を開始した。

「菜々緒さん。菜々緒さん！　菜々緒さんのカラダ最高にエッチです。いくら射精しても何度でも欲しくなる。いや、射精すればするほど肉欲が増してきます」

牝として最高であると誉めそやしながら、仁は何度も菜々緒を掘り返す。

「あっ、んんっ、イッたばかりのおま○こ、そんなに激しく掻きまわされたら……菜々緒……んんっ！」

性悦に蕩けた媚肉は、美熟女の意にかかわらず艶やかに剛直を搦め捕る。

ただでさえエクスタシーを得たばかりの女体は、ほとんど四肢の自由が利かないばかりか、あらゆる感覚を牝悦によって敏感にさせているらしく、三擦り半もしないうちに容易く次なる絶頂に打ち上げることができた。

「ひうん！　あはぁっ……イヤよ。こんなにふしだらに昇り詰める姿、見ないで……ああ、ダメ、来ちゃう……大きいのが来ちゃうぅ～～っ！」

妖しいまでにビクビクビクビクンと昇り詰めては、全身を痺れさせ、女体を甘く蕩けさせている。

色熱がほとんど抜けきらぬうちに膣襞を蹂躙されているから、たった数度の抜き挿しでも脳裏に黄色い花火が飛び散るらしい。

「すごいです。菜々緒さんが、イケばイクほど、おま○こが蕩けて、ゼリーの中にちんぽを漬け込んでいるみたいです」

「あんっ、また、そんな言い方……。どうしても私を辱めたいのねっ」

羞恥も性感を高める要素の一つと教えてくれたのは、他ならぬ菜々緒自身だ。

快感の媚熱とは異なる赤味に染め上げられた首筋に唇を吸いつかせ、浅いポイントに擦りつける仁。淫獣として教育されたそのスキルを包み隠すことなく、ストレートに豊麗な女体にぶつけている。

「菜々緒さんとなら毎日でもＳＥＸしたいです。このおま○こは、もう僕のちんぽ専用ですよね？」

熱く吠えながらズンっズンっと重々しく腰を打ち振ると、媚熟女が白い裸身をいかにもたまらないといった風情でのたうたせる。

「こうして何時間でも菜々緒さんを犯したい。ずっとちんぽを嵌めたままでいたい！」

「ああん。ダメよ。ただでさえ、感じやすくなっているのに……。何時間もＳＥＸされたら絶対に堕ちてしまうわ……。ただでさえ仁くんのすごいおちんちんを覚え込まされて切ないのに……。私のおま○こは、もうすっかり仁くんに堕とされているの」

煮えたぎる肉欲と大人のおんなとしての矜持との狭間で揺れながら、一方ですっかり仁のもたらす快楽に傾いていることを菜々緒は自覚するのだろう。いやいやと首を振るわりに、力強く腰を打ち振る牡獣に合わせ、婀娜っぽい細腰が色っぽくもクナクナと揺れている。

「菜々緒さんの魅力に僕はすっかり虜です。もうこれからはオナニーくらいでは我慢できません……」

もはや、仁の頭の中から碧のことがすっぽりと抜け落ちている。

碧をしあわせにするため、男として碧に振り向いてもらうためにと、はじめた愛のレッスンなのだ。

確かに、菜々緒のもとを離れれば、碧への恋心は不死鳥の如く再び燃え上がる。けれど、最近の仁は、そんな都合のいい自分に悩んでいた。

碧のことを想っているのは本心ながら、菜々緒のことを愛しはじめているのも事実なのだ。

それは優亜の時にも感じたと同じ疾しさ。またも同じ轍を踏んでいるのだ。

しかし、愛しているからこそ、なんとしても菜々緒を堕とそうと仁は本能のままにピストンを繰り出している。

後輩として可愛がっている碧のために菜々緒は、その身を仁に任せてくれている。ここまでして仁を磨いてくれるのは、仁を愛してくれているからではないのだと、菜々緒の口から聞かされているのだ。

「菜々緒さん。僕、菜々緒さんのことを愛しています。だから、どうか……。ずっと僕のおんなでいてください！」

欲情に燃え滾る肉塊で、しかも切ない思いを乗せているのだから熟れた媚肉が歓ばぬはずがない。それも菜々緒が教えてくれたこと。

「あふん。だ、ダメよそんな……。仁くんには、碧をしあわせにしてあげて欲しいの……。でも、あっ、ああん……。碧に仁くんを引き渡すまでの間は……。菜々緒はいつでも……あっ、ああん……好きなだけ……ひあっ、あぁんっ」

「本当に？　じゃあ、それまでの間、菜々緒さんを犯しまくりますよ。このおっぱいを揉みながら……おま○こを僕のちんぽで突きまくっていいのですね？」

仁は獣欲を剥き出しにして、嗜虐的に乳房を鷲掴みにする。指の間からひり出した乳首が真っ赤に充血して膨れ上がるのを唇に捉え甘噛みした。

「おっぱいだけじゃないわ。この唇も、太ももも、髪のひと房までも全て仁くんのモノにしていい。いくらでも仁くんの欲望をぶつけてくれて構わないわ」

条件付きながら仁の性欲のはけ口になってくれるとまで美人ナースは誓ってくれた。

正直な所、仁は碧と結ばれることを諦めつつある。もしかすると菜々緒も同じことを考えているのではないだろうか。つまり媚熟女にも、ずっと仁のおんなでいてくれるつもりがあるということ。

（それはそれでうれしいかも。こんなに美人の菜々緒さんが、僕とのＳＥＸに溺れてくれるのだから……）

微かにほろ苦いものを感じながらも、仁は込み上げる悦びと男としての矜持に満たされ、タガが外れたように猛然と腰を繰り出した。

スローな交わりを忘れ、ただひたすら獣のように腰を振り立てる。

「あぁあぁ、あん、あん、あん、あぁあぁっ！　またイクっ。仁くんの大きなおちんちんで菜々緒、イッちゃうぅっ！」

菜々緒から望まれるばかりではなく、本能の赴くままに仁は股座をぶつけていく。

雄々しい抽送を発情の坩堝と化した女陰にずぶずぶと激しく抜き挿しさせる。

「あぁん、とっても素敵よ……。仁くん…。私が教えたと思うと誇らしいほど……。

ねえ、もっと深くまできてっ……大丈夫だから…菜々緒の奥をもっと突いて……」

切なげに啼き叫び、自らも蜂腰を振る媚熟女。菜々緒が動くたび、敏感な粘膜に心地よい刺激が広がり、肉棒が熱くなる。

甘い快感に酔い痴れながら仁は、巨乳を双の掌で弄《もてあそ》び、逸物にふさわしい屈強な腰使いで三十歳の恍惚を掘り起こしていく。

「ひうっ！　イクっ！　菜々緒イクっ！　……ああん、あぁぁぁぁ～～っ！」

子宮口にずにゅりと鈴口をめり込まさんばかりの深突きに、美熟女は身も世もなく啼き狂い、牝イキした。

「ぐふぅ、僕も射精きます！　菜々緒のおま○こに、イクぅ～っ！」

支配欲を剥き出しに、年上の媚熟女を呼び捨てにしながら胤汁を噴出させた。

仁の情婦となった悦びに膣肉が収斂を繰り返す。まるで肉柱にすがりつくように、肉襞をひしと絡め白濁液を搾り取ろうとするのだ。

艶脂の乗った媚脚が仁の腰に絡みつく。より深いところで精液を浴びようと牝本能がそうさせるのだろう。そのお蔭で、凝結した精嚢をべったりと股座に密着させ、根元まで逸物を呑み込ませて果てることができた。

「ぐふううっ。搾られる。ま○こに搾られる……あぁ、もっと搾って……僕の精子を全て搾り取って！」

　種付けの本能に支配された仁が、菜々緒に乞い求める。若牡のおねだりに従うより早く、受胎本能に囚われた牝が肉幹を蠱惑と官能をもって締め付けてくれる。

　何度も吐精したとは思えない濃厚さの白濁液を、ぱっくりと開いた鈴口から直接子宮へと注ぎ込んだ。

「あはぁ、おま○こ溢れてしまう……。仁くんの精子で子宮がいっぱいに……。あぁっ、熱いのでイク。菜々緒、精子でイクのぉ〜〜っ！」

　常識外れなまでに樹液を流し込まれた媚熟女は、文字通りその牡汁に溺れ、はしたなくもイキまくる。

　極太の肉幹がみっちりと牝孔を塞いでいるから、溢れかえった精液に行き場はない。自然、膣内で逆流し、子宮を溺れさせるのだ。

「ああ、熱いの……仁くんの精子熱すぎる。火傷しちゃいそう……。なのに気持ちいいっ……こんなにいっぱい、すぐに溜まってしまうのね……。もう菜々緒は仁くんのおんなだから、何度でも射精させてあげるわ」

　生殖汁の熱さに身震いしながら、仁のモノへと堕ちた自分を菜々緒は噛みしめている。

乱れた呼吸に喘ぎつつ、おんなの満足に微笑んでいた。

2.

「ゔわぁぁ……。太陽が黄色いよぉ」

もうすぐ八月が終わろうとしている。にもかかわらず、未だその日差しは衰えないばかりか、むしろその勢いが増している気がする。

午前6時とまだ朝早いのに、早くも気温は上がりはじめている。

夜中にこっそりと祖父の家を抜け出し、菜々緒のベッドに潜り込んでは、一晩中その豊麗な女体を貪るのが、このところの仁の日課となっている。

「もう。仁くんたら。菜々緒はそんなに若くないのよ。こ、こんなに何度も極めさせられてばかりでは……。それも毎晩だなんてカラダが持たないわよ……」

「でも、約束してくれましたよね。菜々緒のおま○こをいつでも僕のちんぽで突きまくっていいって」

「あん、それはそうだけど……あっ、あはん、そ、そこっ。ああ、仁くん、上手ぅ……。でも、仁くん……んっ、んふぅ……毎晩ここに来て、お勉強だって……。それに、もうすぐ島を離れなくては…あっはぁぁ……っ！」

悦楽に美貌を歪めながら美熟女は、そんなことを訊いてくる。

あまりにも感じすぎる自らを恥じ、あえて現実的な会話に逃避するのだろう。

「大丈夫。菜々緒のお陰で、むしろ効率は上がっているから……」

嘘ではない。全くの事実なのだ。

菜々緒の仕事が終わるまで、ほぼ仁にはやることがない。

必然的に、勉学に勤しむ結果となっている。

しかも、しっかりと性欲は満たされているから、勉強の邪魔をするのはこの暑さだけ。それも心地よい海風が吹けば、苦にはならない。

集中できる分、効率も上がり、自分でも学力がついた自信がある。

瓢箪《ひょうたん》から駒、棚から牡丹餅、一石二鳥。どれが一番いい得て妙か判らないが、それくらいに菜々緒との関係は好循環を生んでいる。

「それが本当ならうれしいけれど……。あっ、あぁん……」

仁の役に立つことがうれしいとばかりに、そのゴージャス極まりない女体を惜しげもなく美熟女は開き、甘やかし放題にしてくれるのだ。

しかし、菜々緒の言う通り、仁が家に帰らなくてはならない日も近い。

けれど、菜々緒が甘やかしたいだけ甘やかしてくれるから仁はすっかり家に帰りたくなくなっている。島を離れることが、憂鬱でならないのだ。

さすがに、ずる休みばかりもしていられない菜々緒に「朝早くてごめんね」と送り出され、こうして朝帰りをする日々も、もうすぐ終わりなのだ。

未練たらたら、名残でも惜しむように歩いていた矢先だった。

「えっ、仁くん？」

黄色い太陽に照らされ、半ば頭がボーっとしていたらしい。聞きなれたその声に、ハッと顔をあげると、目の前に碧の姿があった。

浮ついた心に、一気に冷や水が浴びせられる。

仁の来た道は小高い丘に続く一本道で、その奥には菜々緒の家がぽつんと一軒あるばかりなのだ。

碧の家のすぐ脇を通り抜けることを判ってはいたが、まだ6時になったばかりだからまさか碧と鉢合わせすることもないだろうと油断していた。

「こんなに朝早くに……。もしかして菜々緒さんの家から？」

少し天然なところのある碧でも、その意味するところには、すぐに気づいた。

「あ、碧さん……」

何の言い訳も浮かばない仁に、碧はくるりと背を向け、逃げ込もうとするように自宅の玄関のドアを開けた。けれど、何を思ったのか未亡人は、ぴたりと体を止めると、呆然と立ち尽くす仁に再び向き直った。

「仁くん。余計なお世話だけど……。あなたはもう島を出た方がいいと思う。優亜ちゃんや菜々緒さんとの関係を咎めているわけではないのよ……。あなたの将来のことを想うと……」

叱ってくれる碧の言葉に、優亜のことまで知られていたのだと、少なからず仁は動揺した。

もしかすると、菜々緒とのことも、もっと前から知っていたのかもしれない。全て承知した上で、家に帰りなさいと諭しているのだ。

「それはもう僕の顔なんて見たくもないってこと？　碧さんだって僕にキスしたよ」

一番嫌われたくない相手が誰であるのか、事ここに至り思い知った。だからこそ、帰りなさいと諭す碧に対し、仁は自らの想いとは違う感情をぶつけている。

「ううん、違うの。このままでは、仁くんのためにならないと思うから……。確かにこんなことを言う資格、私にもないわね……。私だって不意打ちに、あなたにキスをしたわ……。ごめんなさい。そのことは謝るから……」

「謝ってなんか欲しくない。僕は、碧さんのことが好きで……。初恋だったんだ……。

再会してみると碧さんは、あの頃のままで。だから好きだって気持ちがまた……。子供の頃は、単純に好きって感じだったけど、いまはものすごく切なくて、だけど愛しくて……」

あれほど口にするのが怖かった言葉たちが、一度堰を切ると止まらない。想いが溢れるとは、このことだろう。

なぜあれほどに優亜や菜々緒が、碧に気持ちをぶつけろとけしかけてくるのか、ようやく仁にも理解できた。押しとどめていた想いに溺れそうになっていると、端から見ていて判ったのだろう。

「優亜も菜々緒さんも、碧さんにきちんと向き合えって、ちゃんと想いを伝えなさいって、応援してくれていたんだ……。なのに僕は、子供みたいに彼女たちの背中に隠れて……。僕が碧さんのことを想っているのを承知で、僕を大人にしようと……」

仁の独白を碧は黙って聞いている。仁からひと時も目を離さずに、ひたすらじっと耳を傾けてくれる。

「碧さんの言う通り、僕は島を離れなくてはならないのかも……。でも、このまま帰るのはいやです。このまま帰ってしまっては、優亜にも菜々緒さんにも顔向けできない……。我がままでも自分勝手でも、ちゃんと碧さんに想いを伝えたい……。って言うか、言っちゃってるけど……。その、つまり、言葉だけじゃなくて……」

我ながら何を言い出そうとしているのか。無茶苦茶な論理であり、口説き文句にもなっていないと判っている。けれど、もはや止まらない。止められはしない。

「だから、キスとかSEXとか……。碧さんとやりたい！　ずっとずっとそう想っていた。僕は碧さんを愛したい！　僕の全部で碧さんに伝えたい！　それができるまで島を離れようにも心残りで離れられません！」

激情に任せ、理性というフィルターをかけぬまま、剥き出しに近い欲求がそのまま口を吐《っ》いていた。

はたと我に返り、すぐにしまったと思ったが、吐いた言葉はもう戻らない。

「いや、あの……。なんか僕の碧さんへの欲求が、そのまま出てしまって……。それを碧さんに押し付けているようですけれど……。えーと、そのなんて言うか……」

困惑の表情を浮かべる碧に、仁は何をどう弁明するべきか困った。

結局、仁の望みとは、今自分が口走ったことが全てであり、ただ単に〝好きだ〟とか〝愛している〟だとか想いを伝えれば満足できるものではない。

その想いを知って欲しい。判って欲しいとの欲求もあるが、究極、碧と愛し合いたいのが本音なのだ。

「SEXだのやりたいだのと、下品でごめんなさい。でも、魅力的な碧さんに対する僕のウソ偽りない気持ちです。そんな目で見られること自体、不快かもしれないけれど。不潔と思われるかもしれないけど……。欲望剥き出しに、そのまま言葉にするのは獣みたいだけど……。でも、それが僕の望みだから……」

まるで駄々っ子のような稚拙な要求。それも碧の想いや都合など、まるで無視したバカな告白。仁自身、半ば以上「ダメだこりゃ」と思っている。けれど、どうしてだろう。気分的には、すっきりと晴れた気がする。

「と、いうことで、言うだけ言ったらすっきりしました。じゃあ、僕これで帰ります」

後で落ち込むことは目に見えているが、ダメはダメなりに全て吐き出せてよかった。そう思いながら仁は、碧にぺこりと一礼し、そのまま祖父の家に帰ろうと歩き出した。

「ちょ、ちょっと待って。仁くん。な、何よ！　何なの？　逆ギレみたいに言いたいことを言ったかと思うと、自分だけすっきりした顔をしちゃって……。しかも、私の返事も聞かないうちに行ってしまうの？」

呼び止められた仁はきょとんとした顔で、彼女に向き直った。

返事を聞くまでもなく、仁としては当たり前のようにダメと決めつけている。

勢い任せとはいえ、よくもまあ碧にSEXさせて欲しいなどと言えたものだと、我ながら呆れている始末なのだ。

だから、呼び止められても何のことだと、きょとん顔を返すしかない。

そんな仁がよほど未亡人にはおかしかったのだろう。いきなり、ぷっと吹き出した。

「もう、仁くんたら仕方のない子ねえ……。うーん。今日は、どうしても用事があるから……明日なら大丈夫かな……。11時ごろ迎えに来てくれる？　ピクニックでもしましょう」

碧が何を言っているのか、よく判らない。否、言っていることは理解できても、碧の真意が掴めないのだ。

「えっと……。明日11時ですか？　それは、はい。迎えに来るって、ピクニックに？ん。あれ？　それって僕とデートしてくれるってことですか？」

順を追って反芻し、ようやく少しずつ呑み込めたが、導かれようとする答えが信じられない方向へと向かう。

けれど、仁の問いかけに、未亡人の小さな頭がこくりと頷いてくれている。

「ちょっと待ってくださいよ。それって、どういうことです？　僕は碧さんとSEXしたいって不細工な求愛をしたのですよ。その僕とデートしてくれるってことは、つまり、その……？」

行きついた答えに、恐る恐る碧の美貌を見つめ返すと、再びこくりと頷いてくれる。

それも、甘い顔立ちを心なしか赤らめて。

はにかむような笑みを浮かべる碧に、仁は下半身に血液を一気に集めながら眩暈のする想いがした。

3.

「こういう気分で海を見るのは久しぶり。仕事で潜るためばかりだったから……」

海女である碧を海にデートに誘う愚かさを、ようやく仁は気が付いた。

これでも、苦労して探し当てた場所なのだ。

「私をどこに連れていってくれるの？　用意もあるから……」

行く場所によってオシャレのコーディネートがあるのだろう。碧からそう問いかけられ仁は窮した。

デートであれば、男がエスコートするのが当然と、ちょっと古めかしい価値観ながら、いまどきの仁でもそう思う。

ましてや、年上の碧をエスコートするのだからこそ、大人っぽく決めたい願望もある。

けれど、だからといって島に気の利いた場所などそうあるはずもなく。もっと言えば、大人の碧を満足させるデートスポットなど知る由もない。

元々、碧がピクニックと言い出していたこともあり、仁は、苦し紛れに海に行こうと誘ったのだ。

だからと言って、子供でもあるまいし、まさか碧の家の前の浜辺で済ませるわけにもいかない。あまりに近すぎてはデート気分が味わえないし、第一そこは碧が知らないこととはいえ菜々緒と結ばれた場所であり、それはそれでバツが悪い。

思案した仁は、祖父に、島のデートスポットをリサーチした。

期待したわけではないが、景色のいい場所やきれいな場所を祖父ならば知っているかもと思いついたのだ。

もちろん、こっ恥ずかしくてデートなどとは知られたくない。察知されぬよう、それとなく聞き出すと、祖父はとっておきの場所があると教えてくれた。

日のあるうちに、事前にロケハンして、この美しさならと碧を連れてきたのだ。

「それにしても、よくこんな場所、仁くんが知っていたわね……」

そこは島の東端にある入り組んだ場所にある。海岸線沿いの道を離れ、崖を降りていくため、あまり人目につかない上に、綺麗な砂浜になっているのだ。

浜に降り立つと、碧は肩に下げていたトートバッグからシートを取り出し、「はい」

と仁に手渡した。

腰を降ろす場所を確保するため、それを広げろというのだろう。

理解した仁がシートを広げる間、碧はそれが当たり前というように、身に着けていた白いラッシュガードを脱ぎはじめる。

「えっ？」

慌てて目を逸らす仁を気にする素振りもなく、ショートパンツも脱ぎ捨てると、瞬くうちに碧は水着姿になった。

それも以前、目にした飾り気のないカーキーのビキニとは違い、ガーリーなピンクのビキニなのだ。

菜々緒よりもさらに大きな媚巨乳を下から支えるように布が覆ったかと思うと、丸い肉房を左右からきゅんと寄せ、悩ましくも深い谷間を形成させている。

その左右前後に大きく張り出したヒップを覆う布は、危ういほどにその面積が小さく、腰部サイドの紐でかろうじて結ばれている。

その蝶結びにした紐を悪戯に引っ張れば、即座に脱げてしまうと妄想できるから余計に悩ましい。

二人きりなのだから仁の視線を意識していないはずがない。それでも眩いばかりのその肢体を惜しげもなく晒してくれている。

例えば、その腹部は水泳で鍛えられたお陰で、アスリートのように括れている。それでいて、艶めかしい肉付きをしているのは、適度な脂肪がなくては寒い冬に海に入れなくなるためであろう。

そのいかにも女性らしく豊かで嫋《たお》やかな丸みが、乳房や腰つき、肩や太ももと至る所に見られる。そのくせ、腰部や足首などキュッと締まってメリハリをつけるから余計にセクシーと感じさせるのだろう。

「仁くんとデートだから若作りしちゃった……。うふふ。昔の水着なの……」

眩しい碧の水着姿に、仁の心臓は口から飛び出そうなほど鼓動を打っている。

驚くほど豊かなストレートロングの黒髪と眩いばかりに白い肌のコントラストが、ひどく艶めかしく感じられた。

数分前には海を選んだ失敗を悔いていたが、いまは海にして大正解と頭の中で鐘が鳴り響いている。

「前にも不思議に思ったけれど、海女さんなのにそんなに日焼けしていないのですね……。とっても、白くてきれいな肌……」

思い切って口にすると、碧はくすくす笑いながらその秘密を明かしてくれた。

海女として潜る時は、磯着と呼ばれる白木綿の上着と下半身にはフゴミと呼ばれる短パンを着用し、さらには頭巾や白足袋、白手袋も使用するため、思いのほか、肌の露出がないそうなのだ。

「ちなみに、その着衣の下には、昔の人は白い下着を着けていたと聞いているけど、私は水着を使っているの……」

碧が少し頬を紅潮させているのは、仁に肌の美しさを褒められたせいか。

その説明を聞きながら、うっとりと碧のビキニ姿を見つめる仁も耳まで赤くなっている。その照れ隠しに、仁も着てきたTシャツとジーンズを脱ぎ水着になる。

魅力的なビキニ姿に反応した下腹部を何気に手で隠し、シートの上にドッと腰を落とした。

「まずは、お昼にしましょう。お腹すいたでしょう？　お弁当作ってきたの……。また例によって、仁くんの好きな唐揚げと定番の玉子焼き。おにぎりも召し上がれ」

トートバッグからタッパーを取り出し、碧がふたを開けた瞬間、ふわりと香る美味そうな匂いが、仁の性欲を食欲に変換させた。

勇んで手を伸ばし、卵焼きを掠め取ると、ぽんと口の中に放り込む。

歯が当たるや否や、ほろりとほどけ、じゅわりと甘さと塩気の絶妙な汁が口いっぱいに広がっていく。

単なる卵焼きではなく、しっかりとダシ汁を含んだ出汁巻き卵なのだ。

「うんま～～っ！」

大声をあげたのも決して大げさではない。料理上手の碧が、仕込みから焼き上げまで、きっちり丁寧に腕を振るった渾身の出汁巻きなのだ。

「こらっ！　手も洗わずにお行儀の悪い。もう、本当に、食いしん坊なのだから……。うふふ。でも、うれしい。そんなに美味しそうに食べてくれて……」

蕩けそうな笑顔で碧は、ウエットティッシュを差し出してくる。

何気ない動きながら手指の先まで神経が行き届いていると思わせる美しい所作が、またぞろ仁の性欲をくすぐる。それさえも拭い取るようなつもりで、仁は親指と人差し指で頼りない繊維を摘まみ取ると、念入りに手を拭いた。

その絶妙のタイミングを見計らい碧は、おにぎりを差し出してくれる。

甲斐甲斐しく姉さん女房に世話を焼かれているようで、こそばゆく感じられるものの浮き立つ心は抑えられない。

「だって、お世辞抜きで碧さんの料理は何を食べても美味しいから……。このおにぎりだって、ふんわりと握ってあるようで、しっかりと食べごたえがあって……。塩加減とか、具の量とかも絶妙で……」

碧が一つおにぎりを頬張る間に、仁は三つも平らげてしまうほど。もちろん、卵焼きを三切れと唐揚げを五つも胃袋の中に収めてしまっている。

冷めた弁当が、最後の一口まで美味いと感じさせるのだから碧の料理は奇跡と言ってもいいレベルだ。

「ふわぁぁ……食べた食べた……。余は満足じゃ……」

おどける仁に、マグボトルが差し出される。中には冷えた麦茶が詰められていた。

「ちゃんと水分は取ってね。熱中症になるわよ」

至れり尽くせりの碧に、思わずチュッとしたくなり、唇をタコのように窄め顔を前に突き出した。

ダメ元と思いつつ「むーっ」と声でも促してみる。

けれど、碧はクスクスと笑うばかりで、すっと立ち上がり海辺へと向かった。

「食べたばかりだけど、泳ごうか……」

愉し気に誘われ、すぐに仁も碧の後を追った。

歩きながら髪を束ねる碧の脇の白さに、またぞろドキリとさせられる。

南の島であるだけに、海水は全く冷たくない。

「ここの海の素晴らしさを仁くんは、まだ目にしていないのでしょう？　見せてあげるからついてきて……」

そう言って泳ぎ出す碧の美しいこと。見習いとはいえ海女であるだけに、その泳ぎは巧みであり、人魚でもあるかのよう。束ねたストレートロングが水中になびくのが、よりその印象を強めている。

祖父に教えられ、この砂浜に足を伸ばしたが、碧にとっては地元であり、土地勘があるらしく、どんどん先を行ってしまう。

水中のサンゴ礁や色とりどりの魚たちの美しさも素晴らしいが、それよりも優美な碧の肢体が仁の目を引き付けてやまない。

懸命について行く仁をやさしく気遣ってくれるのもうれしい。

遠泳は子供の頃、この海で身に着けてはいるものの、さすがに久しぶりで不安がなくもない。

（碧さん。どこまで行くつもりだろう……）

さすがに、疲れが出はじめた頃、ようやくそこに辿り着いた。

4.

導かれ着いた先は、岩場の洞窟。そのコバルトブルーの眩さは、いつか写真で見たイタリアの青の洞窟を彷彿とさせる。

しかも、奥が砂浜になっていて、ちょっとした隠れ家のようになっている。

「生憎、雨が降ってきたから、ここで休憩しましょう」

碧の言う通り、急に天候が変わり波も少し出てきている。

「予報では晴れと言っていたのに……」

「海女なのだから雲行きを見て、予想しなくちゃならないのに……まだまだダメね」

自嘲する碧。外は雨がひどくなり、波も高くなる一方。あるいは碧一人であれば、戻ることも可能であろうが、仁ではとても帰れそうにない。

「ちょっと待ってて、いま火を起こすから……」

ここまで仁を連れてきた責任を感じると同時に、体力と天候の回復を休憩がてら待つつもりなのだろう。

碧は、洞窟の奥から薪を運んできた。

「ごめんね。こんなことになるなんて……」

「碧さんの責任じゃないよ。僕が弱っちいから……」

幸いにも洞窟の奥までは波が入ってこない。

「実はね、ここにはよく独りでくるの……」

言いながら碧は、薪と共に運んできた着火剤に使い捨てライターで火をつける。

仁の脇に腰を降ろすと、碧は髪を束ねていたゴムを外した。

途端に、濡れ髪がふぁさりと広がり、華やかな色香を振りまく。

「島にはなかなか一人になれる場所がないでしょう？」

なるほど、孤島では人との繋がりが濃密な分、一人になれる時間は少ない。

家の中にいても、驚くほど頻繁に人が訪れ、当たり前に上がりこむのを仁も祖父の家で実感している。

一度などは、菜々緒との睦ごとの最中に、近在のお婆さんが訪ねてきて、仁は押し入れに息を殺して隠れたものだ。そのあまりの暑さと息苦しさに、死ぬ思いだった。

「ふーん。碧さんの家でもそうなんだ……。爺ちゃんち、だけかと思った」

頭に浮かんだ菜々緒の家での体験はおくびにも出さず、しれっと惚けて先を促す。

「独りになって、ここで何をしていたの？」

「寂しさに浸っていたの……」

ぽつりと一言漏らしたきり、碧はそのまま黙って火を見つめる。

その横顔の美しさに、仁は魅入られた。

「寂しいのに、独りになりたいなんておかしいでしょう?」

クスリと小さく笑う碧が、儚くも火の熱で溶けていってしまいそうで、思わず仁はその肩に腕を回した。

「碧さん。好きです。子供の頃は淡い初恋だったけど、再会してすぐにまた碧さんに恋をして……」

激情に任せ一度吐き出した想いを、今度は穏やかなやさしい口調で、訥々《とつとつ》と吐き出した。

「碧さんの寂しさをどれだけ埋められるか判らないけれど……。どんな相手からでも他人から好きだとか、愛しているとかって言ってもらえると、うれしかったり、心強かったりするでしょう……。だから僕は言うよ。僕は碧さんが大好きです。好きで好きで、どうしようもないくらい……」

火が燃えるのを見つめていると、人は素直になるものらしい。その効果は、碧にも現れた。

「あのね、仁くん。実は私、その頃の仁くんの想いにも気が付いていたと思う。おんなはそういうことに敏感なの……。あの頃私は、祖母を亡くし、独りきりだったの……。その寂しさを癒してくれたのが、仁くん、あなただったの……」

細い首をこちらに向け、碧が思いがけない告白をする。仁は、ただじっと彼女を見つめ、黙ってその声を聴いた。

「カワイイ仁くんが、私のことを好きでいてくれるって、それがどんなにうれしかったか……。そしていまも変わらずに、仁くんが私のことを熱い眼差しで見つめてくれていることも……」

焚火が碧の頬を赤く染めている。炎の揺らぎがその美しさをさらに際立たせている。

「だからかなあキスしてしまったの……。優亜ちゃんとイチャイチャしている仁くんに、ちょっと腹が立ったし……。菜々緒さんとのことでも嫉妬して、島を離れた方がいいだなんて……」

「嫉妬って、碧さんがですか？　僕のことで？　う、うれしいです。それって碧さんも僕のことが気になっていたってことですよね！」

小さく頷いてくれる碧に、仁は躍り上がらんばかり。

「でも仁くんは、やっぱり帰らなくちゃだめよ。きちんと勉強して、立派な人にならなくちゃ……」

「えーっ。せっかく碧さんと両想いになれたのに？」

「私とデートしたら帰るって約束でしょう？　寂しいけれど、それが仁くんの将来のためだと思う」
「判りました。でも、このまま帰りたくない。もっと碧さんとの思い出が欲しい！」
言い募る仁に、碧が頬を赤くしながらもスッと身を寄せ、口づけをくれた。
軽く唇を重ねては、すぐに離れ、また互いの想いを確かめるように再び唇を啄《ついば》む。
やがて舌を絡めねっとりと口づけをした。
「んふ……。仁くんの私へのやさしい想い、言葉だけでなく、私のカラダにも刻んで
……。その手の温もりや肌の質感、それに……」
言いかけながら、まっすぐに見つめる仁の視線に、恥ずかしさが募ったらしく、碧
が言葉を詰まらせる。
「それに？」
言葉尻を繰り返し、その先を促した。
「ひ、仁くんの…お、おちんぽでも……。私に感じさせて欲しい……」
この瞬間ほど仁は、碧を色っぽいと感じたことはない。
元来、仁は、碧のことを色っぽい女性であると認識している。
女性らしいやさしさや心配り、その容姿端麗さなど、一つ一つが強力な碧の魅力な
のだが、中でも彼女が発する色っぽさ、セクシーさは仁の異性へのアンテナにどスト

ライクに嵌まっている。

だからと言って碧は、男に媚を売るタイプではない。むしろサバサバとした印象が強いのだ。

にもかかわらず、彼女からはナチュラルな色気が感じられる。

本能に働きかける色気というか、天然のというべきか。

例えば、しなやかでやわらかなカラダとその動き。動いたり止まったりする瞬間、カラダを斜めにしたり、ひねったりする動きに、そのたまらない色香が見られる。

例えば、先ほどの足元にあった薪などを拾う動き。お尻をすとんと落とし、しゃがむのではなく、膝を伸ばしたままグッとカラダを前屈させていた。

すっと伸びたももからヒップにかけてのラインの美しいこと。さらには背中から伸ばした腕にかけてのしなやかなカーブが、ひどく色香を際立たせるのだ。

そんな風にただでさえ色っぽい碧が、セクシーモード全開といった風情で、漆黒の瞳を潤ませながら、こちらの目をじっと窺うのだ。

「あ、碧さん……」

仁がその女体をこちら側に向けさせると、心持ち離れ気味の切れ長の眼が、すっと閉じられる。その瞼が儚くも小さく震えるのは、緊張の表れか。

例え碧が二十五歳の大人であろうと、初めての男を相手に緊張を強いられるのは、当然なのかもしれない。まして、彼女は数年の結婚生活を経験した未亡人でもある。貞淑をかなぐり捨てた上に、さらには九つも年下の高校生と結ばれる背徳感は否めないはず。つまりは相当に高いハードルを碧は越えようとしてくれている。

「碧さん……」

再びその唇を求めながら、滑らかな背筋に手指を滑らせる。

「あっ……」

びくんと女体が震えたものの碧は決して拒もうとしない。それをいいことに仁は双の掌を鉤状に丸め、十本の指先を碧の背中に彷徨わせる。

触れるか触れないかの微妙な距離を保ち、フェザータッチで未亡人の背筋を撫でまわしていく。

「うわあぁぁっ。碧さんの背中、ものすごく滑らかで、指が滑る……」

ついに触れることのできた美肌は、極上のビロードの如くに、しっとりすべすべしている上に、ふっくらとやわらかい。ぴんと張りつめているにもかかわらず、このやわらかさは奇跡の肌触りだ。

「んっ……。仁くん、やさしく触るのね……んふっ、んんっ、っく……」

二人だけの空間なのにシルキーな声質は、至近距離でしか聞こえないほどに潜められている。それがまた何とも色っぽく感じられ、仁の興奮は高まるばかり。

ややもすれば激情に呑まれそうになる自分を、頭の片隅に冷静な部分を作ることでコントロールするのに必死だ。

(焦らない。やさしく。想いが伝わるように……)

菜々緒に教えられたスローSEXで、碧の性感を高めるだけ高め、エクスタシーにまで昇り詰めさせようと目論んでいる。

けれど、貞淑な未亡人の碧を絶頂に導くことが、本当に可能なのか、かなりの不安を持っている。優亜や菜々緒を相手に、それなりの経験と技量を身に付けていても、碧だけは仁にとって特別すぎて自信が持てない。

それだけに、細心の上に細心を払い、厳しく自らを律して手指を進めていく。

「んんっ……っん……ふぅ、っく……んふぅ……」

おんなの嗜みか、はたまた恥ずかしいのか、漏れ出そうとする声を呑み込むように、息を詰めては短く吐く碧。時折、ぴくりと震える女体を頼りに、仁はなおも手指を滑らせる。

たっぷりと背筋を彷徨ってから、脇腹あたりを触り、くすぐったそうな反応を見つけては、背中へと引き返す。

碧の朱唇を何度も繰り返し啄みながら、やがてその唇を首筋へと運んだ。

「んっ、んふっ……くっ、ぅふぅ……あっ！　むふぅ……っ」

ほつれようとする朱唇を懸命に喋み、仁の背中にしっかりと手を回してしがみつく未亡人。なかなか艶めいた声を聴かせてくれない碧にも、焦りは禁物と仁はじっくりと女体をあやしていく。

思えば、真夏とはいえ海水で女体は冷えている。それゆえに思ったほどの手ごたえがないのかもしれない。

ならばとばかりに仁は、碧に気づかれぬように注意しながら自らの掌を火で炙り、しっかりと熱を貯めてからそっとその素肌を覆った。

美肌に当てる唇の面積も大きくして、ヌルつきと体温を伝えていく。

「あっ、ああん、仁くんの手の温もりが……んふぅっ、あっ、ああん……」

特に仁が念入りに温めるべきは、碧の大きな乳房。遊離脂肪をたっぷりと包んだふくらみは、一たび熱を孕むとまるで断熱材のように保温効果が期待できる。

埋め火を仕込むならここなのだが、いきなり乳房を責めるのはダメと菜々緒から教え込まれている。ならばとばかりに仁は、薄紅のビキニの上から腋の下と横乳の境目あたりに手をあてがった。

「あっ……！」

胸元の際どいあたりを触られた未亡人が、羞恥の声を漏らす。けれど、身を任せたまま決して逃れようとしない。そんな碧に対し、仁は掌全体をふくらみの側面から副乳のあたりにあてがい、手の温もりでやさしく温めていく。

「ああ、碧さんのおっぱい……」

厳密に言えば、未だ肉房には触れていない。にもかかわらず、やわらかくもすべすべした感触は、仁の手指性感を十分以上に刺激してくれる。

仁と向かい合い美貌を恥ずかし気に背けたまま碧は目元まで赤く染めている。

中にブラカップを有した水着は、その大きさと重みをかろうじて支え、まん丸のふくらみを形成している。双の肉房が押し合いへし合いして深い谷間を作り、炎の灯りに乳肌を艶光させている。

二十五歳という年齢は、水も弾くほどの肌のハリを有しながら、しっかりと大人の成熟も進め、おんな盛りに咲き誇る頃合いだ。

事実、仁の手指もぷるんと弾かれるような弾力と熟れごろのやわらかさとを同時に味わわされている。

しかも、かつてないまでに顔をふくらみに接近させているから、乳膚から立ち昇る甘い薫香をたっぷりと浴びることができた。

「すう……はぁ……あぁ、碧さん、すっごくいい薫り……。甘く切なく、いい匂いがするっ！」

乳房のあまりの絶景と薫香に、思わず我を忘れてしまう。ピチピチとした張りと弾力に満ち溢れている上に、しっとりもっちりしていて、程よいこなれ感もある。

「いやな、仁くん。おんなの匂いを嗅ぐなんてマナー違反よ……」

「でも、僕、この匂いが大好きなんだ。ずっと碧さんのこの匂いを嗅いでいたい！」

うっとりとした表情で、今度は下乳の外周を、大きく開いた掌で覆ってやる。

「あぁっ、んっ……でも何かしら……この不思議な感覚。仁くんにやさしく覆われているだけなのに」

仁はただ黙って乳房の周りに触れていただけなのに、その効果がじわじわと現れてきたようだ。

「あんっ。どうしてなの？　気持ちよくなってきたわ」

額に薄っすらと汗を滲ませ、うっとりした表情を浮かべはじめた碧。当然、激情の全てをぶつけるような乳揉みに晒されるものと構えていたはず。

思春期の少年が相手なのだから、本来はそれが当たり前なのだ。まして、碧ほどの巨乳とあれば、過去の男たちは誰しもがその乳房を夢中で揉んだはず。

けれど、仁は、滑らかな肌触りを堪能するばかりで、乳房の中心にも手指を埋めようとしていない。

「ようやく温まってきたみたいですね。こうして温められると気持ちがいいのでしょう。感度が上がるって……」

それは菜々緒が教えてくれたやり方。正確に言えば、優亜に試したことを看護師らしく補足してくれたこと。

乳房の中に神経がどう走っているか、リンパや乳腺のありかなど、どうすれば乳房の感度を高めることができるのかを的確に伝授してくれていた。

「感度を上げるって、おっぱいの？　そんな方法を……」

誰にと碧は訊こうとしたのだろう。けれど、途中で菜々緒の顔が思い浮かんだらしく、そのまま口を噤んでしまった。

乳首の感度はともかく、ふくらみ自体ではあまり感じない女性は意外に多いらしい。碧の遊離脂肪がたっぷり詰まった媚巨乳も、むしろその脂肪が邪魔をして刺激が神経まで届き難く、あまり快感を得られていなかったはず。

けれど、菜々緒は、乳房も十分以上に性感帯になりうると教えてくれた。今、碧に施している愛撫が、まさしく乳房の感度を高める方法なのだ。

「温められると神経は敏感になるんだ。だから、こうして僕の手の温もりを伝えると感じやすくなるはずで……」

あえて掌で温めることで、羞恥と興奮を煽る効果も生まれ、さらに乳肌の血流を促していく。

「おっぱいの周辺には、主要なリンパ腺が集まっているからここの凝りをほぐせば感度が上がる上に、バストアップにもなるようですよ。副乳腺の近くにも、結構な神経が通っているらしくて、ここも刺激すると……」

そろそろ頃合いと見定めた仁は、まずは乳腺を刺激した。

それはまともなマッサージの一つで、乳房の下に手をあてがい、左右の手で交互に掬い上げるように動かす。みぞおちの高さにあるふくらみの下の遊離脂肪を、乳房に引き上げるようなイメージだ。

決して肌を傷つけないようにやさしく持ち上げ、手が乳房や肌から離れることのないよう連続して引き上げる。

「あんっ……んふぅ……ん、んん……」

まじめな施術であるはずなのに、碧の漏らす吐息は悩ましい熱を帯びていく。

対する仁も掌性感を刺激され心地いい。ふるんふるんの遊離脂肪が艶めかしくも官能的に手指の中で踊るのだ。

さらに、人差し指を乳首に触れるか触れないかのあたりにあてがい、親指を除いた四本の指で鎖骨付近に向かって上方向へ流してやる。指で、乳膚を引き上げるイメージで交互に乳房を刺激する。バストの垂れを防ぐマッサージらしいが、乳首の際に人差し指が触れそうになるたびビクンと女体が悩ましく揺れた。

さらには、天谿《てんけい》と呼ばれる乳腺を発達させるツボを押していく。乳房の左右両脇の輪郭の縁、乳首と同じ高さにあるツボだ。

「んっく……。んあっ、あっ、あぁ……。おっぱいを押されている……」

両手の親指をツボに当て、またしても左右の乳房を持ち上げるように内側に向かって押していく。肉房のやわらかさを知るにも好都合で、親指がふくらみに埋まり込むのが愉しい。

5.

「もっとおっぱいの感度を上げちゃうね。うまくすると乳イキとかできるらしいですよ。碧さんにも味わわせてあげたいです……」

「乳イキって、おっぱいだけを責められてイクってこと？」

乳イキという聞き慣れぬ単語に、美貌を赤らめながらも碧が訊いてくる。

「そう。おっぱいが切ないほど敏感になって、イッちゃうんだって。ああ、でも碧さんのおっぱい、そんなの試す前から敏感になっているみたいですね」

暗示に掛けるように囁きながら探り探りに腋の下と横乳の境目のあたりをやさしくなぞりはじめる。

腋下周辺にあるくぼみから横乳、下乳のラインに沿ったあたり。先ほどの天谿も含まれるこの辺を俗にスペンス乳腺尾部と呼ぶそうだ。そこをねっとりと掌で覆うようにしてなぞっていく。はじめは焦らすように、徐々に刺激を強くして、しつこいくらい念入りにあやす。

「あん、あっ、な、なに……？　くすぐったいような、気持ちいいような……えっ？　胸の奥から背中までがゾクゾクしてきちゃう…あっ、あん、あぁっ、ダメぇ……」

はじめくすぐったく感じるのは、腋には神経が集まり敏感であるからだ。そのくすぐったさを丹念にあやしていけば、いまの碧のように、たまらない性感が湧き上がる。

特に、乳房を敏感にさせるには、慣れることが肝心であり、上手く覚え込ませればそれだけ感じやすくなるらしい。

「あん、切なくなってくる……。お、おっぱいが火照ってきちゃう……」

温められている上に、感じやすい性感帯を刺激しているのだから反応が起きない方がおかしい。

「んっ、んんっ……うふぅ……んふぅ……あぁ、どうしよう……おっぱい、感じてしまう……お、おっぱいこんなに感じたことなかったのに……」

ついにあの碧が、あからさまなおんなの反応を露わにしている。

「そんなに感じちゃうの？　ねえ、碧さん。あんなに貞淑そうに澄ましていた碧さんが、おっぱいでこんなに……？」

「あぁっ、ダメぇっ！　これ以上、おっぱい敏感にさせないでぇっ！」

狼狽を見せる碧ではあったが、それでいて一切の抵抗を放棄している。切なげに腰を捩ったり、女体を揺すらせたりするものの決して仁を妨げはしない。

「碧さん。そろそろいいよね。碧さんのおっぱいを直接……」

碧の同意を求めながらその返事を聞くことなく仁は、未亡人の水着の中にその手指を滑り込ませ、直に生乳に愛撫を施しはじめた。

水着越しでは味わえない乳房の感触。仁の掌にも余る大きな肉房の表面を繊細なガラス細工でも扱うような手つきで撫で擦る。

「こ、これが碧さんの弾力っ！　ああ、ぷにょんとした手触りが掌に吸いつくっ！」

感極まった声を乳肌に染み入らせる。

瑞々しくも滑やかな乳肌に、仁は興奮を一気に煽られ、そのデコルテラインに唇を寄せ、繊細な鎖骨にむしゃぶりついた。

「うっく……ぁあっ、あはぁっ……うふぅっ！　仁くん、あぁ、おっぱい感じるっ！」

艶やかな喘ぎ声が、強情だった朱唇から零れ落ち、洞窟の中に響き渡る。

びくんと女体を震わせたり、軽く腰を浮かせたり、美貌を左右に振ったりと、悩ましい反応も隠せなくなっている。

正直、ここまでの手応えとは仁も思っていなかった。もっとくすぐったがられるか、軽い気持ちよさを訴える程度と想像していたのだ。恐らくは、高校生の少年に乳房を弄ばれる背徳感までもが、その性感を昂らせてしまうのだろう。

微熟未亡人は、どんどんその感度を上げ、ついにはそのままではいられずに、その場に仰向けに倒れ込んでしまった。

「碧さんッ！」

未亡人を追い、仁は女体に覆い被さると、白い美脚の間に自らの片足を滑り込ませた。

（うほぉっ！　太ももやらかいぃ〜っ。つるすべで足が蕩けそうだ……!!）

生足で味わう碧の熟内もも。ねっとり濃厚ムース顔負けの蕩ける肌触り。くいっと膝を持ちあげると、水着越しにもふっかふかの肉土手が仁のもも肉に密着した。未だ、湿った水着の感触が、碧の濡れ具合と錯覚される。

「くううううぅぅんっ」

ぐっ、ぐぐぐっと太ももを持ち上げては、マン肉を擦りあげると、碧が悩ましく眉根を寄せ、切なく呻いた。

「感じるのですね？　もっと、もっと感じさせてあげます……」

明らかな反応に、有頂天になった仁は、やさしくなぞる愛撫から脇の下から乳房を中央へ寄せるように圧迫するやり方にシフトチェンジした。

（焦らずに、じっくりと……。愛情をたっぷり乗せて……）

菜々緒に学んだ基本を心中に唱え、丁寧に繰り返す。未だ、乳首への愛撫は自らに戒めている。

焦らすつもりもあるが、より感度の高い乳首を責めると、スペンス乳腺尾部の快感がぼやけてしまうため自重しているのだ。

「んふぅ……ああ、ダメぇ……お、おっぱいが敏感になりすぎて……。んっ、んんっ！」

頭に叩き込んだリンパの流れを意識して、人差し指、中指、薬指の三本の指先に、ゆっくりと圧力をかける。

頭のやわらかい年齢であるだけに、こういうことの覚えは早い。まして、器用な仁だから、碧の反応を観察しながら執拗に愛撫していく。

「うわぁっ。碧さんの感じ方、すごくエロい。見ているこっちまで堪らない気持ちにさせられます……。ねえ、この邪魔な水着、どけてもいいですよね？」

「ああ、仁くん……。おっぱいを見られるのね。恥ずかしいけどいいわ。碧のおっぱいを見て……」

抗いのセリフもありうると思いきや、碧は承諾してくれた。

はじめから碧は、その全てを仁に晒してくれるつもりであったらしい。脱がされることを前提に、その薄紅の水着をつけてくれたのだ。

「碧さん……。じゃ、じゃあ……」

許可されたのだから、憚るものは何もない。勇み仁は、未亡人の水着をずり上げていく。

「ああっ！」

薄紅の水着の下から眩いばかりのふくらみが双つ、ぶるんと勢いよく零れ出る。

菜々緒のそれよりもさらに一回り大きな媚巨乳は、さすがに重力に負け左右に流れるものの、肌の張りのおかげで美しいティアドロップ型を形成した。

残酷なまでに実らせた完熟の乳房は、その肌のどこよりも白く清廉でありながら蠱惑的で豊満に過ぎる。

「こ、これが、碧さんのおっぱい……。ものすごおくエロいのに、なんでこんなに美しいのでしょう……」

思わず溜息が出るほどの媚乳。ムンと牝が匂い立つほどにエロく、マッシブにも乳房がそそり勃つ印象。しつこいほどの仁の愛撫にその血流を高められ、乳房全体が勃起しているのだ。

その乳首も仁の人差し指ほどの大きさに勃起して、大き目の乳暈ごと薄茶色に発情している。

甘い顔立ちの碧とは、およそ釣り合わぬ気もするが、そのアンバランスな印象がまたたまらない。

「ああっ。私のおっぱいいやらしくなっている。未亡人失格ね……。だけど……」

余程もどかしくなったのか、碧の小さな掌が仁の手の甲を包み込み、肉房の中央にまで運ぶと、そのままじわじわと力を加えてくる。じっとりと潤ませた瞳が、「お願いだから、強く揉んで」と訴えていた。

それに応え、仁も開いては閉じの運動を飽きることなく繰り返す。その間中、碧の掌は、ずっと乳揉みの手伝いをしている。仁が揉んでいるのか、揉まされているのか、仁にもその境目が判らない。

仁の膝を挟みこんだまま碧は下半身をはしたなくもじもじさせている。仁の太ももに甘く熟れた果実をぐじゅぐじゅと擦りつけているのだ。

「あうんっ……いいわっ……気持ちいいっ……仁くん私……っ！」

発情する未亡人に、仁が昂らぬはずがない。

丸い稜線にあてがわれた掌は、いつしか碧の助力なしで乳房への食い込みを連続させている。しかも、その食い込みは仁の昂りと比例し、肉房を隔てて、親指の先と人差し指の先がくっつくかと思われるほど強く潰していた。

「あうぅっ……あ…くふううぅ～っん……」

行き場を失った遊離脂肪が、乳肌をやるせなく張りつめさせる。重い痛みもあるのだろうが、それを凌駕するほどの快の電流が、乳房から全身へ蠱毒のように回ってい

るようだ。

「ふっ、くうぅ……」

漏れかけた吐息を、なおも碧は呑みこもうとしているが、その分だけ愛らしく小鼻を広げ、扇情的な表情を披露している。

「すごいっ！　ずっしりふわふわのおっぱいが、さらに一回り大きくなっていく……乳肌をパンパンにさせてっ!!」

肉房の頂点で、鎌首をもたげた乳首が円筒形にふくらみを増し、物欲しげに色づいている。「ここも触って」と、訴えているようなあさましさ。

「もうすぐですよね。もう一息で、碧さんは、乳イキしそう……。大丈夫です。僕がちゃんと、碧さんを乳イキさせてあげますから！」

幾度も興奮しすぎて暴走しそうになったが、仁はなんとかやり通そうとしている。

表面をきゅきゅっと掌で磨けば、ふるんと艶めかしく揺れる。

掌を下乳にあてがい直し、その容を潰すようにむにゅりと揉みあげる。

相変わらず太ももで、肉土手をノックすることも忘れない。

そこを責めると、厳密には乳イキと呼べなくなるが、この際、持てる全てを駆使するのが最善の策に違いない。

「あんっ……ふむうっ……ううん……」

頃合いに張り詰めた乳肌に、ついに仁は口腔を解禁した。

手指の及ばない滑らかな乳肌に唇を這わせ、舌を伸ばしながら吐き出した息を吹きかける。舌先が進む先は、やはり側面から下乳にかけてのスペンス乳腺尾部。丸く円を描き、乳暈に触れるか触れないかの際どい所で戯れる。そんなやさしい愛戯に、碧は細腰をくねらせ身悶えた。

またしても、むぎゅりと仁の太ももを挟み込み、自らの下腹部を擦りつけている。

「すごく、おっぱい甘い！」

少し乳臭く感じられる匂いが、仄かな甘みを連想させる。まさしくミルク味そのものだ。むぎゅりと絞れば、母乳が零れ出るのではとさえ思われた。

「あぁ、ダメよ……乳首はいやぁ……疼いているの……。あぁ、仁くん、いま乳首にされたら…あっ、あはぁ～んっ！」

濃艶な色香を発散させ狼狽する未亡人の誘惑に、仁はついに負け、その乳首を口腔に含んだ。

ちゅぶちゅっ、ぢゅっぢゅぱ、ぶちゅちゅっと、あえて淫らな水音を立て、しこる乳頭を口腔内に踊らせる。掌で下乳から頂点に向けしごき上げ、乳汁が噴き出すことを念じつつ吸い上げた。

（碧さんの乳首を吸っている！　僕は碧さんのおっぱいを吸っているんだ……っ！）

高嶺の花と何度も諦めかけた碧のふくらみを夢中で吸いつけながら、心中に快哉を叫ぶ。

「んふん、んんっ……あはぁ…ダメなの。そんなに強く吸っちゃいやぁ……くひっ…ち、乳首が……はうぅっ……硬く、いやらしく……っ」

「確かに、エロい尖りかた……ぢゅぶぶ、ちゅぷっ……。でも、こんなに美味しいおっぱい……レロレロンっ……やめられません！」

いまや碧の瞳は、ねっとり潤み濡れている。貞淑な未亡人が悦楽に蕩ける姿は、凄まじく淫らでありどこまでも美しい。

「碧さんのおっぱい、ものすごくエロいけど……。ぢゅぶちゅちゅっ、ぢゅっぱちゅっぱ……なめらかで、美味しい……ふわふわなのに弾力も……感度も最高っ！　……ぢゅるちゅちゅちゅちゅる〜〜っ」

大きく口を開け、頂を吸いつけながら、やさしく歯を立てる。

悩ましく女体が、びくん、ぶるるるっと派手に反応するのが愉しい。

「あはあ……おっぱいだけで……こんなに感じてしまうなんて初めて……。ああん、おっぱいが張り詰めて、恥ずかしすぎちゃう……」

自らの乳首をとろんと潤んだ瞳で見つめながら碧は感じまくる。己の淫らさを自覚するほど羞恥と昂奮が入り混じるらしく、そのエロ反応を増していく。

「ううんっ、あ、あぁんっ……。もうダメぇ。こんなにおっぱいが切なくなるなんて……はぁあっ……お、おっぱいが破裂しそう……っ！」

悩ましく身を捩り、くねりまくる女体。もはや、一時もじっとしていられないのだろう。乳房から湧き上がる甘く鮮烈な愉悦は、下腹部にまで及ぶらしく、切なげに仁の内ももに擦りつけている始末。その官能は、もはやアクメ間近にまで極まり、膨れ上がっているらしい。

「さあ、乳イキしましょう。碧さんがおっぱいでイク姿を見せて！」

きゅっと堅締まりして皺を寄せる乳輪。その薄茶色が仁の涎に濡れまくり黄金色に輝くその直下、浮き立つほどに刺激された乳腺がゆんゆんと揺れている。

「ああああ、もうダメ～～っ！　おっぱい溶けちゃうぅうう～～っ!!」

身も世もなく悶えまくる碧は、羞恥も貞淑も全て置き去りにして甘い喜悦を味わっている。

洞窟に響き渡る啼き啜るような喘ぎが、仁をさらにサディストに変える。未亡人の乳首を指の腹に捉え、コロコロとすり潰す。他方の肉蕾を舌先で弄んでは、ちゅうちゅうと吸いつけた。

涎まみれにヌルつきながら屹立《きつりつ》した乳首が、女体に激烈な痙攣を呼び起こす。

「くふぅ。そ、そんなにしごいちゃいやぁ……おっぱいでイクなんてあり得ない……。そんな淫らなこと」

「でも、もうすぐですよね？　イクまでやってみましょう。乳イキする碧さんをどうしても僕は見たい！」

なんともやさしい声で仁が囁くと、二十五歳の微熟未亡人は我を忘れて身悶えた。

「ああっ。ダメ。本当に来ちゃう!!　おっぱいでイキそう！」

「イッて。ほら、もっと素直になればイケますから……。誰にも遠慮することなく乳イキしてて！　僕たち二人だけだから恥ずかしくないでしょう。もうすぐ島を出る僕への餞《はなむけ》だと思って、碧さんのイキ貌を目の裏に焼き付けさせてよ……」

唇や舌を忙しく使いながら、仁は言葉でも碧を追いつめる。

涎まみれにした乳頭を人差し指と親指で摘まみ擦る。残りの三本の指では、パンパンに張りつめた乳膚を搾り取った。さらにもう一方の乳首を歯先に捉え、厚い舌でつんつんと突き弄る。

「あぁっ、イクっ、イッちゃうっ！　碧、イクっ、イクぅうう～～～っ！」

はしたないアクメ嬌声に続き、蠱惑的な女体が砂の上にぎゅんと反り返り淫靡なアーチを描いた。息みかえった未亡人は、汗に濡れた額に縦皺をきゅっと寄せ、朱唇をわななかせている。

「あぁぁぁぁ、うぅぅ……っ」

浮かせた背筋が落ちた後も、がくがくと女体のあちこちを痙攣させている。

「ああ、碧さんが本当にイッている……。こんなに全身を息ませて、淫らなアクメ貌……。なのに碧さん、ものすごくきれいだ……」

碧のイキ極める牝貌を見つめ仁はうっとりと囁いた。

なかなか女体のヒクつきの収まらない未亡人は、ずっと忘我の境を彷徨っている。

乳房愛撫だけで碧をアクメさせたうれしさに、仁もまた法悦の境を歩いている。

無性に疼く下腹部だけが、大いなる不満を訴えた。

6.

「あ、碧さん。ぼ、僕もう我慢できません。早く碧さんとひとつになりたいっ！」

あまりにも淫らに乳イキする碧の嬌態に、仁は脳味噌を沸騰させてしまい、もう我慢できなかった。

「あっ、ま、待って……。私イッたばかりで、いま挿入《い》れられたら私……。少しだけ、少しの間でいいから……」

懇願する碧にやさしく首を振り、仁は女体に覆い被さったまま自らの水着をずり降ろした。

「ごめんなさい。待てません。もう僕、こんなななのです……」

腕の力で上体を起こし、水着から零れ落ちた肉塊をあえて碧に披露した。

未亡人は、頬を赤らめながらも仁の分身から目を離せずにいる。

「ま、まあ、仁くん、逞しいのね……っ！」

驚きとも賞賛とも取れるつぶやき。切れ長の瞳が妖しく濡れるのは、その逸物が自らを貫く瞬間を想像したからだ。

どんなに上品に見えても、どれだけ貞淑に澄ましていても、おんなの本質は淫らであると教えてくれたのは菜々緒だったか。

ひと時も離れようとしない視線に、照れくささはあったが、さらに仁は猛り狂う肉柱を見せつけるべく、腹筋と菊座にぎゅっと力を込めた。

途端に、肉塊が嘶くようにぶるんと上下して空気を震わせる。

「ああ、すごいっ！」

ごくりと生唾を呑み、朱唇を薄い舌が湿していく。

「碧さん……」

再びその名を呼びながら、仁は未だ碧の蜂腰にへばりついている水着の紐を心躍らせて引っ張った。

するりと解けた紐をそのまま捲れるようにツーっと下に引っ張り、若未亡人の秘密を暴きにかかる。

「あっ……！」

淑やかでありながら濃く生い茂る陰毛が、少しずつ全容を露わにする。漆黒の草むらは、露に濡れ光り輝いている。繊細な毛が密に折り重なったその下に、恋い焦がれた高嶺の花がひっそりと息を詰めて咲いていた。

「ああ、どうしよう。仁くんに見られているのに、ジュンって疼いちゃう」

あまりの羞恥にじっとしていられず、細い腰回りがやるせなくうねるのが、なんともいやらしい。

「じっとして……。碧さんのおま○こ、よく見せてください！」

大好きな碧の女陰をしっかりと目に焼き付けたい。その切なる想いをしっかりと受け止めてくれたのだろう。

内また気味に閉じられていた太ももが、おずおずと大きくM字にくつろげられる。砂の上に、千々に散らしたストレートロングの中に美貌を埋め、碧はじっと羞恥に耐えてくれるのだ。

「ああ、これが碧さんの……」

秘められていたのは、あまりに卑猥で、そして美しい女裂。全長五センチほどの鮮紅色の縦割れ。それがまるで唇のように、ひくひくと喘いでいる。

あえかに覗かせる内部には、精緻でありながらいやらしい肉襞が、幾重にも折り重なって、海の中で漂うように蠢いている。

周りの肌が白いせいもあり、熟したざくろのような赤みが、いっそう鮮やかに際立つ。

そこから立ち昇るのは、生々しくも濃厚な牝フェロモン。止めようもなく発散してしまう罪深く淫らな香りは、無意識に若牡を誘惑するかの如くだ。

まさしく淫靡としか言いようのない女性器に、仁はごくりと生唾を呑んだ。

潔癖なまでに清潔な印象の碧が、こんな器官を隠し持っていること自体信じ難い。

おんなとしての碧をずっと求めていながら、どこかで碧を神格化し、生身のおんなとは違うものだと思い込んでいたのかも。それでいて、いざ碧のおんなの部分をまざまざと目の当たりにして、ひどく感動している自分がいる。

「あぁ、やばい。碧さんのおま○この美しさに魅入られました。ここに僕のちんぽが挿入《はい》るのですね……」

言いながら仁は、魅惑の女体に再び覆い被さると、自らの腰位置を修正し、勃起が淫裂に正しく挿入される位置に導いた。

「あぁ、碧さん、挿入《い》れるよ……」

女体がピクリと蠢いてから、ハッとするように止まった。

切れ長の瞳を薄く開け、未亡人が蕩けながら頷く。

二人は互いを見詰め合い、息を合わせる。

じっと待ち受ける碧に、仁は無言のまま肉柱を焦がれ続けた女陰へと導く。

鮮紅色の入口粘膜を切っ先でこそぎつけると、やわらかな秘口が肉エラに引き攣れひし形に歪んだ。

ぞぞぞぞっと、肉花びらがすがりつくままに裏筋で秘唇を擦る。

「ひううぅぅっ！」

しくじったわけではない。あえて水平に擦りつけたのだ。肉幹に潤滑油をまぶすことがその目的。けれど、敏感な恥裂を予想もしない形で擦られた二十五歳の未亡人は、ひどく艶めいた喘ぎを漏らした。

「もうっ！　仁くんたらぁ。焦らさずに来てっ！」

腰を蕩かしながら碧の繊細な手指が、仁の分身に添えられた。未亡人が自ら迎えてくれると言うのだ。

「碧さんっ！」

しっとりした手指に導かれ、ただ腰部を前にゆっくりと突きだすだけで挿入が開始された。

肉の帳をにゅるんと亀頭エラがくぐると、温かさとヌメリがたまらない感触で一気に襲い掛かってくる。

「んふっ……あぁ、仁くんが来る……。私の膣中に……ううっ、熱くて大きいのが挿入《はい》ってくる……っ！」

粘膜と粘膜が出会い、熱く溶けあう。暫く使われていなかった未亡人の肉管は、ひどく窄まっている上に、妖しくうねくねっている。相変わらず碧が肉竿の幹を握りしめ、行く先を定めてくれるから、ずぶずぶっと腰を押し進めるばかりだが、ゆっくりと拡張しながらの挿入は長らく続いた。

「んんんんっ！　まだなの……ああ、まだ挿入《はい》ってくる。仁くんのおちんちんで、串刺しにされるみたい……っ！」

狼狽えるような声を碧が上げたのは、どこまでも貫かれる感覚に、おんながほぐれていくのを自覚するからだろう。

「んんんんん～～っ！」

碧の呻きは、そのまま豊麗な女体のわななきへと変化する。久しぶりの膣道も、ぬちゅ、ぬちゅ、っと淫靡な濡れ音を響かせて、ぬかるみへと変わっていく。

艶めかしい喘ぎに脳髄まで蕩けさせながら仁はずるずるずるっと腰を進めた。

成熟したやわ襞がくすぐるようにまとわりつき、さらに奥へと誘ってくれる。

しかも、碧の表情と言ったらどうだろう。目元を上気させ、潤んだ双眸でじっとりと見つめてくるのだ。それはまさしく愛する男と、初めて結ばれたおんなの貌であり、期待と不安、そして羞恥に満ちた艶貌なのだ。

「ああ、碧さん、なんて、かわいい顔をするの……。すっごく色っぽいエロ貌！」

淫情を煽られた仁は、くんっと腰を押し付けた。

おんなにとって気持ちがいいのは浅瀬への挿入であり、奥までは苦しいばかりであまり好まれないと、菜々緒から何度も教わっている。そうは判っていても、付け根まで全て濡れた媚肉に呑み込ませたい。

「ぐふううううっ。碧さん。最高のエロま〇こですっ!!　深くて、やわらかくて、そのクセ、締め付けがきつくて超気持ちいいっ！」

仁は深々と未亡人を挿し貫きながら、あらためて横たわる碧を見下ろし、感嘆の呟きを漏らした。

そこには憧れの年上美女に挿入できた精神的満足があった。けれど、それ以上に、碧は極上のおんななのだ。

二十五歳とまだ若々しくも成熟した女体は、神々しいばかりの輝きを放ち、そこに存在している。

横になり左右に流れてもなお、誇らしげにティアドロップ型を保ち突き出している豊満乳房。アスリートの如く引き締まっていながらも女性らしいたおやかさを感じさせるウエストのくびれ。いつでも孕むことは可能とばかりに、おんなとしての充実に充ちている腰周り。恥丘を飾る漆黒の茂み。むっちりと脂の乗った太ももから締まった足首へと向かう美脚。そして何よりも素晴らしい肉孔の挿入感。

新鮮な媚肉は、生娘の如き狭隘さと未亡人らしい柔軟性に富み、時に甘く締め付け、時に吸いつき、そして時にくすぐるように絡みついてくる。それも、根元と中ほど、さらにはカリ首のあたりを同時に締め付ける三段締めの超絶名器だ。

碧自身知らぬ間に、水泳により培われた蠱惑の肉体が、惜しげもなく仁に捧げられたのだ。

「うぅぉぉぉっ！　碧さんのおま○この中で、いやらしい触手が蠢いている。しかも、ちんぽに絡みつきながらたまらなく締め付けて……ぐふぅぅぅ！」

そこには全く誇張などない。イソギンチャクさながらの長い触手にも似た肉襞が膣孔いっぱいに密集し、そよぐようにまとわりついては、舐めまわすように蠢く。しかも、そこに例の三段締めが加わり、半端なく気持ちがいい。

「すごい！　すごいよ碧さん‼　ちんぽのあちこちを小さな唇でキスされている！」

「ああ、深いわ。仁くん。私のこんな奥深くまで……。お腹の底に熱く擦れて……。それにこんなに拡げられて……苦しいくらいなのに、カラダが火照っちゃう」

かつてない部分にまで到達された碧も、うろたえるように喘いでいる。

灼熱の肉塊に膣孔を焼かれ、極太に狭隘な肉管を拡張され、それ相応の快感が女体に押し寄せるらしい。

「ああ、うそっ……また、すぐにイってしまいそう……挿入《い》れられているだけなのに……あはあぁぁ、いいっ！」

絹肌に産毛を逆立て、引き締まった女体のあちこちを、びくん、びくびくんとヒクつかせている。湿潤な女陰が、さらにぢゅんと蜜液を溢れさせ、子宮をキュンキュン疼かせながら膣肉の蠕動をはじめている。

「すっごくエロい貌。碧さんが、こんな貌をするなんて……。いつもの澄まし顔がよがり崩れると、こんなにエロくなるんだ……。ああ、だけど、エロい碧さん、ものすごく綺麗です!」

仁が面食らうほどの淫らな歓びようだ。すでに一度乳イキしているのだから仕方がないとはいえ、抽送もくれぬうちに、感度の上がりすぎた女体は早くも初期絶頂に身を焦がしている。

「だ、だって、ああっ、気持ち……いいの……碧のカラダ、壊れちゃったみたい……。呆れないでね。きっと私、仁くんに溺れちゃう……!」

細腕が首筋に絡みつき、やさしく抱き寄せてくれる。ふんわりした乳房が胸板に当たり心地よい。堅く尖らせた乳首をしきりに擦りつけている。下腹部に密着したお腹のすべすべ感も極上そのもの。思慮深く貞淑に見せていた未亡人が、その持てる全てを使い仁を悦ばせてくれている。

込み上げる激情に突き動かされ、蕩けた表情の碧の朱唇を掠め取った。

「ほむう、あふん、むうんっ」

口腔に舌を挿し入れ、唇裏の粘膜や歯茎を夢中で舐めすする。

「むほぉ、ほふううっ、ぐふううっ」

素晴らしい手触りの絹肌を撫で回し、その手指をさらに下方へとずらした。やわらかな陰毛を弄んでから媚肉の合わせ目に忍ばせる。

「ああん、ダメっ……今そこを触られたら私……」

「僕は碧さんをしあわせにしたいんだ！　大好きな碧さんを僕のちんぽで、何度でもイカせたい。おんなの満足をいっぱい味わわせて、腰が立たなくなるくらいまで……」

昂るなと自らを律しても限界がある。愛を口にすればするほど、気持ちが高まって抑えが利かない。ましていま仁は、高嶺の花を官能の坩堝に堕とそうとしているのだ。興奮しない方がおかしい。

（ぅわぁぁ、動かしてしまいたい。ああ、だけど、いま抜き挿しさせたら、三擦り半で射精してしまいそう……！）

かろうじて残された理性で仁はそう判断したから、やるせなく募る律動への欲求を懸命に堪え、手指で巧妙にクリトリスをあやそうとしたのだ。

「きゃううっ！　……ひあ、あはぁぁ!!」

触れた途端、しこりを帯びる淫核。その小さな勃起に円を描き、蕾の頭を転がし、親指と人差し指で摘まみとり、擦り、つぶし、なぎ倒しと様々に嬲っていく。

「んっ、ゃあ、ああん……だめぇっ…おかしくなる……ああっ、恥ずかしい声、抑えられない……ああ、こんなことって……」

怒張を埋められたまま敏感な器官を弄ばれては、肉体が蕩けだすのを抑えられるはずがない。兆した顔をこわばらせ、必死で仁にしがみついてくる。

「ぐふうぅぅっ……く、喰い締める。碧さんがちんぽを喰い締めてる……ああ、すごく気持ちいいよぉ……漏らしちゃいそうだ！」

三擦り半どころではない。一度たりとも動かさぬうちに撃沈してしまいそうだ。

快感に膣孔がきゅんと窄まり、肉塊を抱きすくめられている。途方もない心地よさに、陶然とした唇の端から我知らず涎が零れていた。

それでも懸命に歯を食いしばり、なおも肉蕾をあやしてやる。

ちょんちょんと指先で軽く小突き、包皮を剥いて、女核をやさしく揉みこむ。

「あっ、あっ、あぁっ……ダメぇ、ああ、もうダメなの……ねえ、お願い仁くん、イクのならおちんぽでイカせて……。仁くんと一緒にイキたい……」

洞窟に響く艶めかしい未亡人のおねだり。もどかしげに蜂腰を左右に揺すらせて、仁の律動を求めている。

「碧さん……。判りました。僕も、気持ちよすぎてたまらなくて、もう我慢できない。でも、動かしたら止まらなくなりますよ。長くは持ちませんからね！」

やるせなく込み上げる射精衝動が、自制を効かなくさせている。あまりの具合のよさに、見境を失くしていた。

我慢たまらず、燃え上がる肉塊をさんざめかせながら、孔揉みするように腰をグラインドさせつつ、ミリ単位の小刻みな抜き挿しをはじめた。

「あっ！　ひうっ……。な、なに？　腰が痺れて、子宮が燃えちゃう……」

小刻みな圧迫擦りを孔揉みに変化させ、やがて浅瀬での抜き挿しへとシフトさせていく。ぢゅぢゅぶぢゅっと、肉孔をこじ開けつつ、鈴口から噴き零した先走りのオイルで錆び落としとばかりに繊細な牝管を磨き上げた。

「ひうっ、あ、はあぁぁ……」

甲高いよがり声があられもなく洞窟に響き渡る。その淫靡な牝啼きに脳髄を蕩かしながら仁は、よがり痴れる碧の膣肉に、亀頭エラを擦りつけるように腰を捏ねる。

「ああぁん、すごいっ……ねえ、すごいのぉ……おちんぽが、碧のお腹の中を掻きまわしている……はんっ、あはぁぁぁ～～っ！」

憧れのおんなが、自分の腹の下で悶え狂う夢のような光景に、剛直が硬さをぐっと増した。

「あんっ、やんっ、膣内で太くなってる……ああん……こんなに硬いおちんぽが……碧の膣内で暴れたらっ……ひやんっ……！」

ぐちゃぐちゃに濡れた肉襞が、痙攣をおこしたように二度三度と締め付けてくる。

「ぐふうっ……碧さんが、締め付けるから、こんなに硬くなるのです……くうう……」

「そ、そんなことを言われても、どうしていいか判らないわ、ああんっ」

「僕に抱かれて淫らな声をあげてくれるだけで満足です。碧さんが好きだからっ！」

「ああっ……わ、私も……碧も仁くんのこと……大好き……んんっ！」

高嶺の花であった碧が自分を好きだと言ってくれる。それだけで射精ものだ。

たまらずに仁は、外連味《けれんみ》なく腰を振る。受け止める碧もたまらずに声をあげ、豊かな胸をゆっさゆっさと揺らしている。目を瞑り、下唇をきゅっと噛み、真っ赤になって声を堪えようとする姿が可憐すぎる。

「あうっ……ねえダメなの、耐えられないっ……。仁くん、私、もう本当にダメッ……またイッてしまいそうなの」

恥じらいながらも、甘える口調で仁の興奮を煽ってくれる。

「いいよ、碧さん。いっぱいイッて。おもいきりイキ乱れる、碧さんを僕は見たいっ！」

嬉々として仁は、大きく腰を退かせ、ずるずるずるっと勃起を引き抜く。抜け落ちる寸前で、反転、再び奥を目指して腰を押し込む。

ぽってりした肉土手をグチュンと押し潰さんばかりの抽送。

「あ、あん！　ああ、ダメっ！　イキ乱れるなんて、そんな……」

まろやかなヒップを両手で抱え、軽く碧の腰を浮かせて、抜き挿しを速めていく。寄せては返す波音をリズムに、徐々にテンポを速め、ズックズックとカリ首で膣襞を掘り返す。ごつごつした肉幹で膣孔をしごきたて、切っ先で最奥を小突くのだ。

「ああ、ダメぇっ！　本当に、恥をかきそうっ！　はぁんっ……碧、イクぅっ！」

全身をピンクに染めた豊麗な女体が、悩ましいほど身悶える。びくびくびくんと、背筋が震えアクメの断末魔に痙攣した。

「おぉんっ……すごいぃ、こんなにすごいの初めて……。いやん、またイキそうっ！」

間髪をいれずに抜き挿しさせ、次々に未亡人を絶頂に追い詰める。

「ひっっ！　うっくぅぅ゛んんんっ！　ひ、仁くぅ……ん〜〜っ！」

碧がドッと汗を噴いてのけぞった。

さらに、ずぶん、ずぶん、ずぶんと、三度ピストンさせてから、ぐりんと腰を捏ね、狭隘な膣道を掻きまわす。最早、未亡人を追いつめるだけの動きではない。憧れの美女を満足させた悦びを胸に刻み、仁も昇り詰めようと激しい抜き挿しを繰り返す。

「あ、あぁぁ……。いいの…ねえ、もっと、もっとよ。激しく、もっと激しくしてっ！」

久方ぶりに男に蹂躙される膣襞が、忘れかけていた肉の歓びに蠢いている。否、女体全体が官能を貪るようによがり、のたうち、悶え、媚尻を練り腰でくねらせている。ついには仁の腰部に美脚を巻きつけ、尻をうんと持ちあげて秘所を擦りつける始末だ。

「くぅんっ。ああ、ダメぇっ……。こんなはしたないこと……ダメなのに、気持ちいいのっ。あん、あん、あん、仁くぅ～～ん……っ！」

清楚な未亡人の官能的な発情ぶりに、仁は眩暈がするほど興奮し、肉茎をその胎内で跳ねさせた。

「碧さん。愛してる。愛しています。こんなに好きなんだ。碧ぃぃぃ～～っ！」

激情をそのままぶつけようと、腰に巻き付けられた碧の美脚の足首を掴み、グイと双の肩に担ぎあげ、媚尻を高く持ち上げてしまう。豊麗な女体を二つ折りに、ふっくらとした肉土手をぐしゃりと押し潰し、ずんと奥まで突き入れた。

「あああああぁぁぁぁんんっ！」

苦しい屈曲位に、びくんと女体が揺れ、生贄に残された媚尻がむぎゅりと菊座を窄ませた。途端に、肉塊を強烈に締め付ける膣孔。それだけの衝撃があったのだろう。

苛烈な官能の電気信号が、ついに巨大な絶頂の波を呼び、怒涛の如く未亡人を呑み込んだのだ。

鴇色に染めた全身を硬直させている。むっちりとした太ももなどは、鳥肌を立ててぶるぶるとわなないている。

仁は心から碧を愛し、その熱烈な想いをぶつけることで彼女をアクメにまで追い込んだ。愛を感じ、牝の悦びに打ち震える碧は、その美しさをさらに高め、仁を祝福してくれる。

「ああ、仁くんっ……碧はしあわせよ。仁くんの熱い想いが伝わったから……。その情熱に恥ずかしいほど蕩けてしまうの……あ、ああん、またイキそう……！」

「僕も、しあわせです。大好きな碧さんとSEXしているのだもの！　ああ、碧っ！」

十分以上に潤滑なのに膣襞が勃起にひどく絡みつく。名器に慰められ鎌首をもたげた衝動に、ついに仁は種付けへと舵を切った。

「あぁ、あ、んぁ、は、激しいっ……は、早く来てっ……じゃないと、碧っ、壊れちゃううぅ～～っ！」

苦しい体勢からぐぐぐっと蜂腰を持ち上げ、ガクガクと揺すらせてピストンにシンクロしてくる。思いがけないふしだらな練り腰に、仁は崩壊を促されていく。

眉根をたわめ、朱唇をわななかせた扇情的なよがり貌が、視覚でも仁を追い詰める。

「好きだっ！　ああ、碧、好きだよ。碧っ！　愛してるぅ〜〜っ!!」

のたうつ細腰に合わせ仁もぐいぐいと腰を突き出し、深挿しに深挿しを重ねる。

ぷるん、ぷるんと揺れまくる巨乳を鷲掴み、掌底に乳首をすり潰すようにして荒々しく揉みしだいた。

「あううっ……くふぅ、んんっ……んふぅ、ふあああ……あんっ、あんっ、ああんっ！」

兆した美貌が激しく左右に振られる。豊かな髪が砂上に扇情的に乱れ踊る。滴る汗と零れ落ちる愛液に白い女体をヌラつかせ、凄まじいまでによがり狂うのだ。

「仁くんの溢れる想いに溺れちゃう……しあわせ、あぁ、しあわせなの……イクわ!!碧、またイクぅううぅぅぅ……っ！」

アクメを極めた美貌が、のど元をくんっと天に晒した。イキ涙に潤む表情は、どこまでも美しく、とことんいやらしい。

「射精すよ。僕もイクっ、碧っ、ぬおおおっ、碧ぃぃぃ〜〜っ！」

恋い焦がれた愛しいおんなに種付けする本能的悦び。憧れの未亡人を自らのものとした証に雄叫びと共に放精をする。

媚尻に腰部を乗り上げ、屈曲させた上半身で丸め込んだ女体を抱き締める。朱唇を

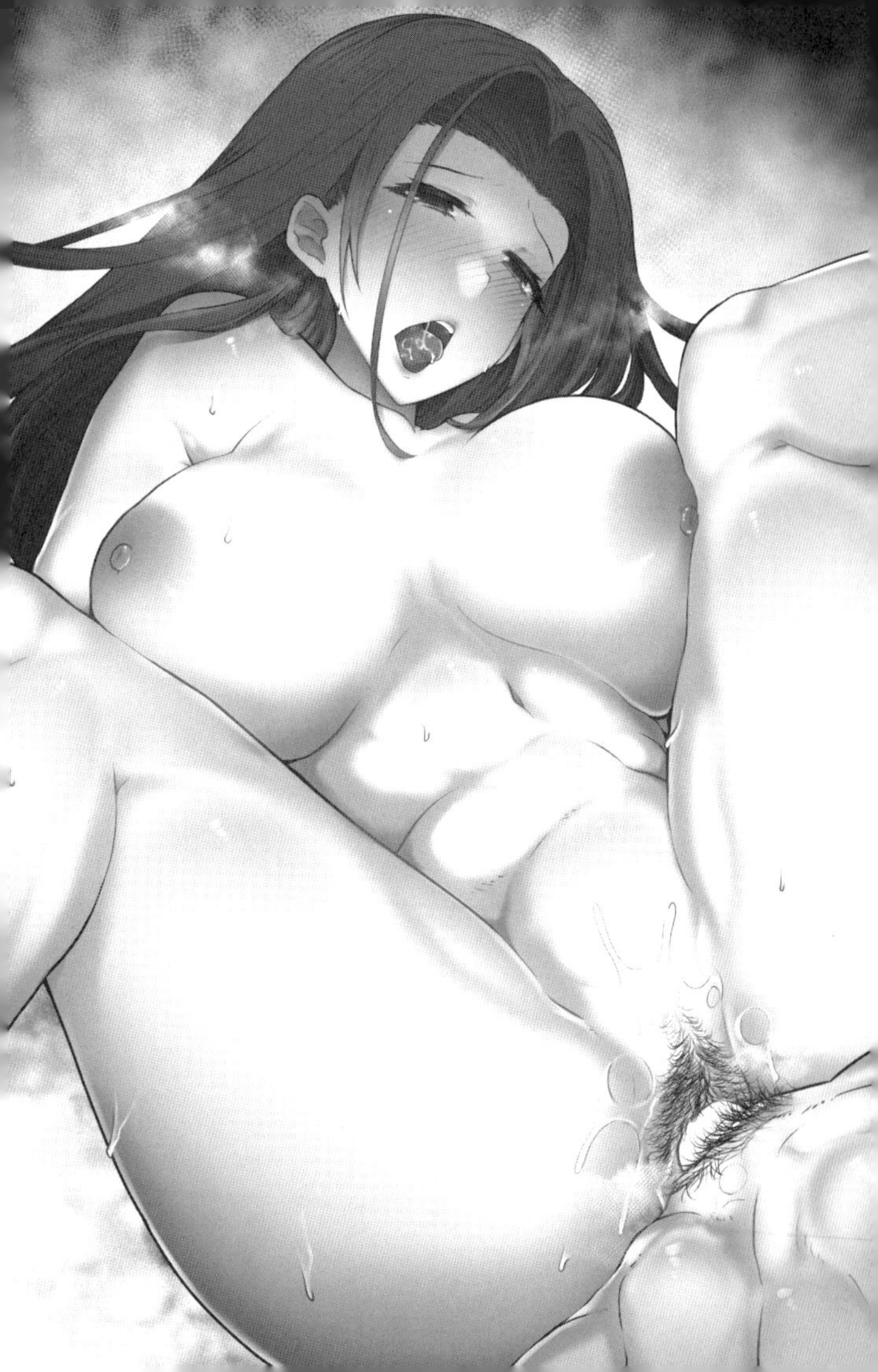

掠め取りながらの射精。ズガガガッと溯る熱い滴が、肉傘をさらに膨らませた。

「はうぅぅぅン！」

怒涛のような白濁液を子宮いっぱいに浴び、何度目かの絶頂が、またしても碧の肉体にも押し寄せている。

「ああ、射精《で》ているっ！　仁くんの熱い精子が碧の膣内にっ……。ああっ、碧の子宮がぐびぐび呑んでいる……仁くんの精子、呑んでいるのぉ……」

灼熱の白濁に子宮を満たされ、あられもなくイキ極める碧の姿。恐ろしく抱き心地のよい女体に酔い痴れ、さらなる射精を繰り返す。

どぷっ、どぷっと精液を吐き出しながらも、仁はこの後、碧をどう責めようかと考えている。

このまま精液が尽きるまで、未亡人を抱くつもりだ。

(碧さんの極上ま○こなら、一晩中、何度でも勃たせられる！)

二十五歳の未亡人のわななく膣肉に肉竿をなおも漬け込んだまま、仁はこのまま碧を孕ませる決意をした。

終章　揺籃　孕妻と常夏の淫ら島にて

「碧さん！　相変わらず碧さんのカラダエッチだよね。いくら射精しても、何度でも欲しくなる。いや、射精せば射精すほど、性欲が湧いてくるよ」

やさしく耳元で囁いてから、碧の耳孔に舌を挿し入れ、ねっとりと舐めすする。

「あうん。耳、感じちゃう……。あっ、ああ、ああぁん、当たっているわ。碧の痺れる場所に擦れている……。は、ぁっ……はぁ、はぁ……っくふぅ……」

対面座位で繋がり、ひしと仁に抱きつく未亡人。若さと成熟の両方を両立させている艶肌から濃厚なフェロモンを漂わせ、甘く仁を誘惑している。

「碧さんのカラダ、夏よりも熟れた感じで、ものすごく色っぽい！」

あれから四ヵ月も放置された女体は、我知らず欲求不満を抱えていたのだろう。肉襞は、従順に仁の怒張を覚えていたらしく、挿入した瞬間からイキまくる状態にある。

碧に背中を押され家に帰った仁は、冬休みになるとすぐに再び島を訪れた。

「お帰りなさい。仁くん……」

相変わらずの笑顔で出迎えてくれた碧。けれど、そのやわらかくも蕩ける表情が、やはり仁を待ちわびていたのだと伝えてくれる。

一も二もなく仁は、離れ離れだった時間を埋めようと、碧のカラダを求めた。

「でも大丈夫、碧さん……激しく突いていいの？」

相変わらずの美しい女体に、一つだけ変化が見られた。夏には、あれほど引き締まっていたお腹のあたりが、心持ちふっくらしている。

碧は仁の子を孕んでいるのだ。

妊娠を知った碧は、そのことを仁に隠すことなく、率直に産みたいと言ってくれた。幸いにも生まれてくる子供は、島全体で育てる風習らしい。そうすることで島の外から新たな血を入れることを容易にするし、過疎の対策にもなるらしいのだ。

そのことはラインなどを通じて何度も話し合い、互いに納得済みだった。

「うん。きっと大丈夫だと思う。つわりは治まったし、順調に育っているみたいで……。三ヵ月を過ぎてからは基本的に大丈夫って……。だから、して……。碧も欲しい」

頬を赤らめながら説明する碧。恐らくそれは菜々緒からの入れ知恵だろう。

仁は、連絡船を降りた途端、ばったりと菜々緒と遭遇したことを思い出した。診療所に届くはずの医薬品や医療器具を受け取りに来たらしい。

「仁くん、この船だったの……。これから、まっすぐ碧のところ？」

菜々緒とも男女の関係にあるだけに、どんな顔をして返事をするべきか迷ったが、隠しきれることでもないと素直に頷いた。

「きっと碧、待ちわびているわよ……。碧をしあわせにするために仁くんの背中を押したけど間違いじゃなかったみたいね……。ついでに私も若い男の子とエッチできたし……。またしようね！　大丈夫。今度は碧に内緒にするから……。うふふ。次はもっとすごいこと教えてあげるね」

今度は内緒にするという菜々緒の言葉に、仁は碧に情報がリークされていたと、ようやく気付いた。要するに菜々緒の掌で、仁はずっと踊らされていたのだ。

艶冶に笑う菜々緒の凄まじい色香に息を呑みながらも、仁は大人のおんなのしなやかさとしたたかさの両方を垣間見た。

碧にも菜々緒のような一面があるのだろうかと思いながら、仁は我が子を孕む未亡人を正常位に串刺しにして、貪るようにその肉体を求めた。

四ヵ月ぶりの肉交に、菜々緒に教わった全てを忘れ、ひたすら夢中に腰を振り、果ててしまった。

「ごめんね。自分勝手なＳＥＸをして……。今度は碧もイカせてあげるから……」

たっぷりと射精しても収まることを知らぬ肉棒を女陰から抜くことなく、すぐに二回目をはじめる。

そんな調子で、その晩、仁は何度碧を求めたものか。

爺さんには島への到着を明日と告げてあるため、今夜は一晩中、碧を抱ける。

「あっ、んっ、ダメ、イッたばかりのおま○こ掻きまわされたら、碧……んんっ！」

性悦に蕩けた媚肉は、彼女の意に反し、艶やかに剛直を搦め捕る。

肉づきのよいおんな盛りのカラダは、繰り返す絶頂の波を味わい尽くす。

「ひうん！　あはぁっ……イヤぁ。こんなにふしだらに昇り詰めるの恥ずかしい……ああ、ダメぇ、来ちゃう……大きいのが来ちゃうぅ～～っ！」

妖しいまでに昇り詰めては、全身を痺れさせ、女体を甘く蕩けさせている。

絶頂の余韻が冷めきらぬうちに膣肉を蹂躙されるため、女体がより敏感になり、脳髄さえ溶け落ちるような感覚を味わうらしい。

「すごいよ。碧さんが、イケばイクほど、おま○この具合がよくなる。食い締めるみたいに咥えて、そのくせ、トロトロに蕩けているよ！」

何度射精しても、すぐにまた勃起させては、律動を再開し碧を牝イキさせる。

「あぁんっ、そんな言い方されたら……恥ずかしいっ」

羞恥に染め上げた首筋に、唇を吸いつかせ、浅いポイントに擦りつける仁。淫獣としての渇望を最早、寸分も隠さず、ストレートに愛してやまない肉体にぶつけていく。

「ああ、仁くぅん、あっ、あっ、あっ、あぁっ……碧、壊れてしまいそう……お腹の中の赤ちゃんがびっくりしちゃうわ……」

「だめだよ、もう一回。菜々緒さんは、多少激しくしても大丈夫って言っていたのでしょう？　こんなチャンスなかなかないし……。碧も連続アクメ好きでしょ？　碧の好きな中出しをもっともっとしてあげるから……」

正常位から立位。騎乗位から後背位。そしてまた正常位へと、様々な体位で碧を犯しては、滾る性を吐き出していく。

もうすぐクリスマスだというのに、島は相変わらず暖かく、お陰で二人は汗まみれになりながら、いつまでも何度でも求めあう。

そして今は、対面座位。

今度は長く碧の膣内に埋めていたいと仁が望み、肌と肌を多く密着させて、穏やかな時間に浸りあう。

「どんなに抱いても碧さんのおま○こ飽きない……。ものすごく具合がよくて、こうして膣内に漬けているだけで射精ちゃいそう……」

褒められたのが嬉しいとばかりに、首筋に回された碧の腕に力が込められる。ゼロ距離で密着している肉体が、さらにべったりと一つになった。

「ああ、碧もこうしているとしあわせです……。ずっとこうしていたい……」

仁は右手を細腰に残したまま、左手で滑らかな背中を摩った。同じ思いであると伝えると同時に、背筋の性感をあやすのだ。

フェザータッチをくれるだけで、びくんと反応するほど碧は肌を敏感にさせている。

「んふっ、くふん、んんっ、んぁ、あ、ああ……っ」

合一感が多幸感を生み、悦びがぐんぐん昇華される。碧は膣奥に埋められた極太の存在感にほだされ、小さな絶頂の波状攻撃に晒されるらしく、肉のあちこちを艶めかしく震わせている。

「ホント気持ちいいなあ……。碧の肌……。このおま○こも……。ねえ、碧。僕、あれからずっと考えていたのだけどね……」

仁は両手を伸ばし、碧の蜜腰を抱きすくめ、跨がる未亡人をぐいとスライドさせた。みっちりと根元まで嵌入させ、その朱唇を掠め取る。

「あふん……んふぅ……。な、何を？　仁くんは何をずっと考えていたの？」

蕩けた表情で碧が訊いてくる。

「うん。僕ね。やっぱり責任を取りたいんだ。もちろん、話し合った通り、ちゃんと高校は出る。大学にも行くよ。でもその大学は、島に一番近い大学にする。ちょうど、受けたい学部もあるようだし……。でね、学生結婚とかじゃダメかな。仕事とかも決まらないうちに、何を言ってるんだって話だけど……」

自分でも甘い考えだと思う。責任を取るとは、経済的にも面倒を見るべきなのだ。けれど、学生の身分ではそこまでは不可能に近い。だからこそ、結婚だけはして、将来、碧と子供の面倒を見ると、はっきりさせておきたいのだ。

それまでは碧に、家庭のことや子育てを任せる以外にないことが、申し訳ないやら悔しいやらだが、将来の約束手形を切ることが仁なりの誠意の証と思っている。

「仕事も何をするか大学に入ったらすぐに探す。一生懸命バイトとかして、お金も送る。だから、碧さん。僕と結婚してください」

仁としては大真面目にプロポーズしたつもりだ。けれど、その意に反し、碧は一瞬ぱちくりと瞼を瞬かせてから、クスクスと笑いだしてしまった。

「えーっ。どうして笑っちゃうの？　僕は、超本気なのに。何がおかしいのさ……」

碧のあり得ないリアクションにぶんむくれ、仁は腰をぐんと持ち上げて、下から女陰を小突いた。

「はううう、あ、あぁ……。ご、ごめんなさい。だって、仁くん真剣なのだもの……。

うれしいわよ。うれしいけど、結婚なんて……。仁くんは将来のある身なのだから、そんなこと考えなくていいの。こうしてたまに帰ってきてくれて、またこんな風に碧のことを抱いて欲しい……。それが碧のささやかな願い……」

仁の首筋に回していた腕にぎゅっと力が籠められる。朱唇が近づいて、仁の唇に覆い被された。

「今度は死に別れではないから。胸を焦がして仁くんのことを待つだけ……。うふふ。それもこの子と一緒なら寂しくないでしょう」

唇と唇の間につーっと銀の糸を引きながら碧はやわらかく微笑んだ。

（やっぱり碧さん、そう言うと思った。でも、いいんだ。僕はお腹の子の父親だから時間はたっぷりある。絶対に碧さんを説得して僕の妻にするんだ……！）

そう心中に誓った仁は、肉塊で貫いたまま、やさしく碧のカラダを押し倒した。

「また少し、激しくするけど大丈夫だよね？」

そっと尋ねると、碧は濡れた瞳でこくりと頷いた。

それを合図に、碧の脚を両脇に抱え、そのままぐいっと肉塊で深挿しした。

切っ先に、子宮口を圧する手応え。委細構わずグッグッと押し貫いていく。

「だったら僕は碧さんの何になるのかな？　夫にしてもらえないのなら恋人とか？

愛人でもいいかな。身も心も僕のモノになってくれるなら……」

現実的に、どこからどう見てもすでに碧は、仁のおんなに違いない。けれど、それをどうしても彼女の口から言わせたくて、ピストンを繰り出していく。

「あっ、はん……。何をいまさら……私は仁くんの子を産むのよ……。身も心も捧げるわ……碧のことといつでも……あっ、ああん……好きなだけ……ひあっ、あぁんっ」

「うんそうだね。碧は僕のモノ。僕だけのもの……。好きなだけ碧を犯すよ。このおっぱいを揉みながら……おま○こを僕のちんぽで突きまくるからね」

仁は獣欲を剥き出しにして、嗜虐的に乳房を鷲掴みにする。指の間からひり出した乳首が真っ赤に充血して膨れ上がるのを唇に捉え甘噛みした。

これほど獣欲が募るのは、切ないくらいに碧を愛しているから。それだけ碧がいいおんなである証だ。

「ああ、ください。碧のおっぱい揉みながら、おま○こをいっぱい突いて欲しい。全て仁くんのモノだから……。仁くんの好きにしていいの。碧は、それでしあわせよ……あはぁ、仁くん……しあわせなのぉ～～っ」

諂うような碧の告白。仁への愛を口にしながら、淫らに昇り詰めていく。

凄まじい悦びと満たされた想いを胸に、仁は猛然と腰を繰り出した。

「ほおおぉ……。あぁん、あぁ、あっはあぁっ！　イクっ。仁くんの大きなおちんぽで碧、またイッっちゃうぅぅ〜〜っ！」

碧から望まれるばかりではなく、本能の赴くままに仁は股座をぶつけていく。どんなに激しくしても、この豊麗な女体なら受け止めてくれる安心感がある。

嬉々として仁は、雄々しい抽送をずぶずぶずぶと女陰に送り込む。

「碧はもう寂しくなんかない……。家族ができたのだから……。碧はこんなに愛されている……。あぁん、素敵……仁くん…もっと深くまできてっ……大丈夫、大丈夫だから…碧の奥をもっと突いてぇ……」

切なげに啼き叫び、自らも蜂腰を振る碧。彼女が動くたび、敏感な粘膜に心地よい刺激が広がり、肉棒が熱くなる。

甘い快感に酔い痴れながら仁は、媚巨乳を双の掌で弄び、逞しい腰使いで二十五歳の恍惚を掘り起こしていく。

「ひうっ！　イクっ！　碧イクっ！　……ああん、あぁぁぁ〜〜っ！」

子宮口にずにゅりと鈴口をめり込まさんばかりの深突きに、碧は身も世もなく啼き狂い、牝イキした。

「うふぅ、射精くよ！　僕もイクっ！　僕の精子で碧を溺れさせてあげるから……ぐおぅっ！　あ、碧もいやらしいま○こで、しっかり僕のちんぽを搾って！」

「は、はいっ。仁くんのおちんぽ搾るから、碧の膣中にいっぱい射精して……あ、あ
ぁあ、あっ……あ、碧にっ……あぁぁんっ！」

返事をする碧をさらに揺さぶるから淫らな声がさらに震える。それでも健気に碧は、必死にシーツを握りしめ蜜襞を搾らせ、仁の望みに甲斐甲斐しく応えてくれる。

「ぐわあっ締まった。射精るよっ。碧のイキま○こに……ぶわあぁぁ射精る～～っ！」

仁は痺れる愉悦をさらにその体液でも碧にもたらす。ぶすりと膣奥に挿し込み、亀頭を目いっぱいに膨らませ、鈴口から多量の牡汁を吐き出すのだ。灼けつく樹液は、膣の隅々に迸り、碧の脳までを真っ白に焼き尽くす。

「ぐふううっ。搾られる。碧のおま○こに、ちんぽが搾られる……あぁ、もっと搾って……僕の精子全部呑んで！」

どくどくと白濁液を注ぎながら、なおも碧に注文をする。仁の命に従うよりも早く、本能的に牝が肉幹を締め付けてくれる。

ぱっくりと開いた鈴口から濃い濁液を、二度三度と子宮に注ぎ込んだ。

「あはぁ、おま○こ溢れちゃうぅぅ……。仁くんの精子で子宮がいっぱいに……。あぁっ、赤ちゃんが溺れてしまう……。ひやぁ碧、熱い精子でイクのぉ～～っ！」

常識外れなまでに樹液を流し込まれた碧は、文字通りその牡汁に溺れ、はしたなくイキまくる。

極太の肉幹がみっちりと牝孔を塞いでいるから、溢れかえった精液に行き場はない。碧の言う通り、揺籃に眠る赤子を溺れさせてしまうかと仁も少し心配になった。

慌てて仁は肉柱を退かせ、白濁液と愛液が混濁した白い泡を蜜口から噴きださせる。濃厚な男女の情交にシーツは乱れまくり、牡牝の淫らな匂いが充満している。

ふと仁の耳に、ゆったりとした聞きなれぬメロディが届いた。

囁くような、穏やかな旋律をシルキーな声質で歌っている。

それは島に伝わる子守唄だと、碧が教えてくれた。

お腹の中の子に聞かせるものか、仁のために歌ってくれるものか。

聞いているうちにまどろみはじめた淫獣は、碧の揺籃の中でゆったりとその歌を聞く夢を見た。

了

リアルドリーム文庫195

離れ小島は桃源郷

常夏の淫美女たち

2020年7月4日　初版発行

◎著者　北條拓人《ほうじょうたくと》

◎発行人
岡田英健

◎編集
餘吾築

◎装丁
マイクロハウス

◎印刷所
図書印刷株式会社

◎発行
株式会社キルタイムコミュニケーション
〒104-0041 東京都中央区新富1-3-7ヨドコウビル
編集部　TEL03-3551-6147／FAX03-3551-6146
販売部　TEL03-3555-3431／FAX03-3551-1208

ISBN978-4-7992-1377-3 C0193